ハヤカワ文庫 SF
〈SF1806〉

宇宙英雄ローダン・シリーズ〈400〉

テルムの女帝

クルト・マール＆ウィリアム・フォルツ
嶋田洋一訳

早川書房
6859

PERRY RHODAN
ABSCHIED VON TERRA
DIE KAISERIN VON THERM
by
Kurt Mahr
William Voltz

Translated by
Yooichi Shimada
First published 2011 in Japan by
HAYAKAWA PUBLISHING, INC.
This book is published in Japan by
arrangement with
PABEL-MOEWIG VERLAG GMBH
through JAPAN UNI AGENCY, INC., TOKYO.

目次

テルムの女帝

テラとの別離

クルト・マール

登場人物

ジェント・カンタル……………………テラ・パトロールの隊長

ワリク・カウク
サンテ・カヌベ
マーラ・ボオテス（マルボオ）……テラ・パトロール
ブラフ・ポラード
ドウク・ラングル

アウグストゥス………………………K＝2ロボット

アラスカ・シェーデレーア…………マスクの男

ザリオシュ……………………………フルクース部隊指揮官

ミツィノ………………………………ムシーラー。イティ・イティ族の最長老

イツィナク……………………………同長老

1

ドウク・ラングルは探知スクリーン上の光点を興味深く眺めた。空中を高速で移動している。フルクースの宇宙船としか考えられなかった。それ以外にこんな反応をしめすものは、ひとつしかない。《ヒュプファー》だ。だが、《ヒュプファー》はインペリウム＝アルファの格納庫にあり、いま、こうしてドウク・ラングルが乗っている。

異宇宙船は旋回していた。なにか探しているようだ。黒い異人が疑念を持っているということ。《ヒュプファー》のシュプールを追跡し、このあたりにいると見当をつけたのだろう。

研究者はじっと待機した。〝地下室〟と〝小前庭〟は完全に防御しているので、エネルギーの漏出を探知される心配はない。このふたつの名称は、ラングルが知りあったテラナーの男女がつけたものだった。〝小前庭〟は《ヒュプファー》の格納庫になっている。

半時間が経過。フルクースはこの地域の捜索をあきらめたようだ。三十キロメートルほど西に移動し、ふたたび旋回を開始する。一時間後、フルクースはついに捜索をあきらめ、北西方向に飛び去った。もちろん行き先は小陛下の座所、ナムソスだろう。

ドウク・ラングルはシート・バーから降りて、小型宇宙船の外に出た。フルクースから意識がそれると、いつもの奇妙なインパルスが感じられた。強くはないが、けっして消えない……軽い頭痛がずっとつづいているような感覚だった。小陛下が発するインパルスだ。異質な脳が、地球上の高等動物すべてを支配下に置こうとしている。

インパルスはここ数日で、はっきりと強くなっていた。テラナーはラングルよりも直接的に影響をうけている。毎日数時間トランス状態になり、そのあいだのことはなにもおぼえていないのだ。テラ・パトロールが地球にいられる時間は、もうかぎられていた。テラを去らないかぎり、遅くとも二週間後には、小陛下の影響下にとらわれてしまうだろう。

〝小前庭〟の奥の壁ぎわには数個のテーブルがならび、そこでジェント・カンタルたちが作業をしていた。簡易寝台を置くほどのひろさもない。カンタルとワリク・カウクがテーブルに地図をひろげ、その上に身を乗りだしていた。すこしはなれたテーブルでは、トランス状態のサンテ・カヌベがじっと虚空を見つめていた。

ラングルはカウクとカンタルが作業をしているテーブルに近づいた。カウクははじめて研究者に目を向け、手を止めた。テラナーも研究者のクッション状の胴体上部にある感覚器官の動きが、ある程度はわかるようになっていた。カウクはラングルが重要なことを話したがっているのを察した。カンタルも顔をあげる。

「どうした、ドウク？」カンタルが単刀直入にたずねた。

「問題が起きそうだ。黒い異人がかくれ場までシュプールを追ってきた」

「それはまずい！」と、カンタル。

ワリク・カウクはかぶりを振った。失望と拒絶、どちらの表現なのかはわからない。

「ずっと疑問なのだが、なぜそんなことをするのだろう？」と、カウク。

「どこが疑問なんだ？　敵がもう、こちらのかくれ場を知っているとでも思うのか？」

「そうだ。地球に抵抗組織があることはわかっている。旧政府の中心地がここにあったことをしめす情報にも、ことかかないはず。われわれがここにかくれていることには、とっくに気づいているにちがいない」

「メンタリティの違いを忘れてはならない」ラングルがいった。「フルクースは長いこと、どんな相手も小陛下の放射に服従すると信じきっていた。ここにきて手段を変更したのは、われわれの抵抗が長びくと判断したからかもしれない」

ジェント・カンタルが片手で地図をたたいた。サンテ・カヌベはちいさく身じろぎしたが、すぐにまたトランス状態にもどった。

「状況に変化はない」カンタルが大声をあげた。「どこかで宇宙船を発見するまでは、ここからいぶりだされるわけにはいかないのだ！」

「計画がある」ドウク・ラングルがいった。

＊

計画はじつに単純だった。フルクースは、どこかで発見した証拠よりも、自分たちの目で見たことを信じるはず。とはいえ、それは暫定的解決でしかなかった。うまくいっても、黒い異人を二、三日遠ざけておけるだけだ。

ドウク・ラングルは午後になって、《ヒュプファー》を格納庫から引き出した。近くにフルクース船がいないことは、数回にわたり確認ずみだ。低空飛行でシーパンチンの町の廃墟を越え、ペイシャンの峡谷にはいると、石ころだらけの谷間に着陸、待機する。外はすさまじい砂嵐だった。ネーサンの気象管理がなくなったせいだ。それでも《ヒュプファー》はびくともせず、敏感な探知センサーが砂嵐の影響をうけることもなかった。ラングルは二、三時間ほど反重力ハチの巣シリンダーにはいることにした。探知機がなにか発見すれば、わかるようにしておく。

研究者の予測では、フルクースがあらわれるとしたら、暗くなりはじめてからだ。あの異人は、自分たちを夜の生命体と考えているようだから。からだも黒く、宇宙船も黒く、宇宙船内部もまた、すべての光を吸収するように黒かった。フルクースが闇のなかでもっともよく活動できると考えるのは、的はずれではないだろう。

ラングルがシート・バーにもどってかなりたったころ、ちいさな探知スクリーンのすみに、最初の反応があらわれた。研究者はベルトのポケットからロジコルをとりだした。つねに相談相手となっている、小型の球体ポジトロニクスである。

「距離に注意する必要がある」と、ラングルはいった。

「そのとおりです」ロジコルが返答。「黒い異人の武器の詳細は判明していませんが、貫通力も射程距離もおおきいだろうと予測できます」

「すぐにスタートすべきだろうか？」

「危険のおおきさを確認してからにすべきです」

「なぜそう思う？」

「探知機を見ればわかります」

ラングルはあらためてちいさな探知スクリーンに視覚器官を向けた。ロジコルのいう意味はすぐにわかった。二隻めのフルクース船があらわれたのだ。黒い異人は捜索の戦略を変更し、一隻ではなく、複数の船を送りだしていた。

研究者は数分間待ったが、光点はそれ以上ふえなかった。両フルクース船は、五十キロメートルほどの距離を開けて飛んでいる。《ヒュプファー》が姿を見せたら、どちらかが追跡してくるだろう。

「スタートする」

「いまが好機です」ロジコルが答えた。

＊

《ヒュプファー》はペイシャンの尾根を越えてスタートした。ラングルはまず、針路を南にとった。だが、高度が三千メートルに達する前に、いきなり西南西に転針。フルクース船に気づいて、急に針路を変えたように見えることを期待した機動だった。同時に防御シールドを展開し、急降下して、高速でチーリェン山脈をめざす。五千メートルを超える尾根の上に、ひときわ高い孤立峰が見えた。

ラングルはフルクース船の一隻がすぐに反応するのを見て、満足をおぼえた。近くにいたほうの船だ。速度をあげ、追尾してくる。研究者は小型船をせまい渓谷に突入させた。すこし先で谷が急に南に向きを変えるのは調査ずみだ。異人の探知機に《ヒュプファー》はどううつっているのだろうと想像する。障害物と重なって不鮮明になり、いきなり地下にもぐったように見えているだろうか。だとすると、探知機がふたたび鮮明な映像をとらえるまで、数秒はかかるはず。

ラングルはその隙に、谷にそって南に針路を変えた。瞬間的に《ヒュプファー》を見失っていたフルクース船はそのままの針路を維持し、渓谷の上を飛び越えてしまう。ふたたび山襞から出現した《ヒュプファー》は、相手の鼻先をかすめることになった。

それがラングルの意図だった。射界を確保すると、破壊投射機で一撃する。フルクース船はコースをそれ、防御バリアが赤熱《せきねつ》した。

ラングルは降下した。急制動をかけ、一秒の数分の一で運動エネルギーを相殺《そうさい》すると、ふたたび渓谷に飛びこむ。次に打つ手は決まっていた。渓谷の崖のなかばあたりに、ちょっとした洞窟があるのだ。そのなかに《ヒュプファー》をかくし、エンジンを切る。

フルクース船はすでに衝撃から立ちなおっているだろう。ただ、防御バリアが衝撃をうけて発したエネルギーのせいで、もう一隻の探知装置は、一時的に盲目になっていたはずだ。

この瞬間、フルクースの目には、《ヒュプファー》が南に逃走したと見えているだろう。二隻の存在に気づく前、《ヒュプファー》が南に向かっていたことも思いだすはず。

導かれる結論はひとつだ……と、ドウク・ラングルは思いたかった。《ヒュプファー》のかくれ場は、フンボルト連山のどこかにあると考えるはず。

ラングルは辛抱強く待機した。探知機も使わない。真夜中になってようやく、ジェント・カンタルとの打合わせどおり、小型受信機のスイッチをいれた。ごく低出力の装置で、放射はすぐに付近の背景放射に紛れてしまう程度だ。

しばらく待つと、カンタルの声が聞こえた。

「敵は二隻とも、フンボルト連山方向に向かった。迅速に行動しろ！ また、二時間後に」

ラングルはそのとおりにした。午前二時にまたスイッチをいれると、状況はさほど変わっていないとわかった……フルクース船二隻がさらに数十キロメートル南下していることをのぞけば。

空が白みはじめた午前四時、ラングルは新鮮な空気のなかで《ヒュプファー》の探知機を使用し、危険が去ったことをはじめて自力で確認した。二隻は北西方向に消えていた。たぶんナムソスにもどったのだろう。

研究者は小型船で山地をあとにし、アラシャン平原を越えてテラニア・シティに向かった。眼下の大地は乾ききっていた。木々は立ち枯れ、草は塵になってしまっている。アラシャンは数千年にわたって砂漠だったが、ネーサンの気象制御によって緑の大地に生まれ変わっていたのだ。

そのネーサンが停止したため、自然が本来の姿をとりもどしている。

ラングルはロジコルをとりだした。

「成功したのだろうか……どう思う？」

「短期的には成功です。フルクースは間違った手がかりを信じて、フンボルト連山かチーリェン山脈を探しつづけるでしょう。《ヒュプファー》に接近すると危険だということも学んだはずです。今後は慎重に行動し、時間を浪費するはず」

「不都合もあるのか?」

「はい。フルクースがこのあたりを探っているあいだ、テラニア・シティでは極度に活動を抑制する必要があるでしょう。すぐ近くですから」

「そのとおりだ。だが、それは避けられない」

「回避可能性については考慮していません」

ラングルはこの討論における、感情を排したロジコルの正しさをおもしろく感じた。

「中長期的にはどうだ?」

「ネガティヴです。フルクースはすぐに騙されたと気づくでしょう。小陛下が包括的な捜索行動をとれば、テラニア・シティでは昼夜を問わず、なんの動きもできなくなります」

「致命的だな。その前に都市をはなれられればべつだが。いつごろになると思う?」

「確実なことはいえませんが、一、二週間のうちでしょう」

「二週間なら……だいじょうぶだ。だが、一週間は短すぎる!」

「回答の受諾可能性については考慮していません」球体ポジトロニクスは答えた。

ヴレエニー・オルトルウンがジェント・カンタルと結婚したのは、ワリク・カウクには大きな打撃だった。ゴシュモス・キャッスルではじめて会って以来、ずっとこの女性を讃美していたから。ことあるごとに讃辞を惜しまず、それに応えてくれたと感じたこともあったのだ。それだけに、結婚の報告は青天の霹靂《へきれき》だった。

ワリクはそれを克服するため、ここ数日うまく進んでいなかった仕事に没頭した。やることはいくらでもあった。アラスカ・シェーデレーアが〝小前庭〟のそばにあった計算ステーションで、小型ポジトロニクスと周辺機器を再稼働させることに成功していたのだ。周辺機器には当時のニュースのデータが記録されていて、とりわけ興味深かった。アラスカはまず、本来はポジトロニクス・センターだった〝地下室〟の機器を調査した。だが、そこに記録されていたのは専門的な技術データで、現在では利用価値が低かった。

2

目下の急務は宇宙船の捜索だ。テラ・パトロールが生きのびるためには、地球を脱出しなければならない。《ヒュプファー》は宇宙航行が可能だが、全員を一度に運べるおおきさではなかった。目的地とのあいだを何度も往復すれば、フルクースに発見され、撃墜されてしまうだろう。

地球上で大型宇宙船を発見できる可能性が低いことは、全員が理解していた。地球が〝喉〟に落下する直前、ヒステリックになった人々が、宇宙船の争奪戦を演じたのだ。死の恐怖に狂乱したアフィリカーたちは、宇宙船を手にいれるためなら、犯罪行為も辞さなかった。混乱のなかでほとんどの宇宙船は破壊され、最後の瞬間に地球に存在していた宇宙船の数は、運行するには人員がすくなすぎるものもふくめ、四百隻以下と考えられた。

アラスカは小型ポジトロニクスの周辺機器に記録されたデータから、最後の混乱の日々を生きのびた、テラ・パトロールにも使用可能な宇宙船が発見できるのではないかと考えている。記録されたデータのなかには、一般にはアクセスできない、アフィリー政府の内部情報もふくまれていたから。

ワリク・カウクは以前よりもずっとポジトロニクスにくわしくなっていた。小型ポジトロニクスのコンソールがあいていれば、つねにそこで作業をおこない、錯綜した情報を系統的に整理してきたのだ。

だが、成果はまだなにもなかった。

フルクースの調査船が四隻、フンボルト連山からチーリェン山脈の峰々の上を飛行するある晩、全員が〝小前庭〟奥の壁ぎわのテーブルに集まった。ドウク・ラングルだけは《ヒュプファー》で、ときどき短時間だけ探知機を作動させ、敵の動きを見はっていた。

＊

ワリク・カウクはこの二十時間、ほとんど休憩もせずに作業をつづけ、いささか頭がぼうっとしていた。横にはマルボオことマーラ・ボオテスがすわり、心配そうにかれを見つめていた。ワリクは気づいてもいないようだ。ジェント・カンタルが話しはじめた。疲労困憊《こんぱい》しているワリクは、カンタルの言葉に集中できなかった。

「もしまだアフィリカーだったら、記憶がはっきりしないことを恥じていただろう」カンタルはちいさく笑みを浮かべた。「だが、〝感情ばか〟となってもう長いので、いまではそんなことはない。役にたつかもしれないことを思いだしたのだ……もっと記憶が鮮明ならよかったのだが」

「本題にはいったらどうなの？」サイルトリット・マルトリングが無愛想にいう。

カンタルはそんな口調で声をかけられたことに驚いたようすで、顔をあげた。だが、すぐに笑みを浮かべ、先をつづける。

「たしかにそうだな、サイル。さて、〝喉〟への落下直前の時期、中国東部地域で起きたある行為がわたしの注意をひいた。何者かが武装したK＝2の部隊をひきいて、ピル常用者の住む村を襲ったのだ。その村に数隻の宇宙船があるという噂があったから。通常ならその何者か、つまり政府職員は、そんな噂など無視しただろう。純粋理性の教えるところでは、アフィリカーは〝喉〟への落下を従容《しょうよう》とうけいれるべきだったから。だが、その男は、宇宙船を奪って地球から脱出することを考えた。計画は失敗したが。ピル常用者たちはK＝2部隊を消滅させた……五十体のロボット部隊を。それは……」

「不可能です！」カンタルの思い出話は、突然の大声にさえぎられた。

ぎごちなく立ちあがったのは、頭部のまるい、かつては黄褐色だった制服のなごりを身につけた人影だった。いまでは布地ののこりよりも、穴の部分のほうがおおきいくらいだ。

希有な偶然で大カタストロフィを生きのびた、K＝2ロボットのアウグストゥスだった。カンタルはむっとして、アウグストゥスに顔を向けた。

「なぜ不可能なのだ？」

「規律に忠実に行動するわたしの仲間が、感情ばかの範疇に分類されるような相手に、打倒されるはずがありません」

「すわれ、ブリキ男」と、カンタル。「おまえの仲間に打倒された者が何千人もいるのはわかっている」

アウグストゥスはわずかに首をかしげ、想像上の話相手である管理エレメントの声に耳をかたむけた。

「可能であるとも考えられます」カンタルが話を再開しようとしたとき、アウグストゥスがいった。「あなたの言葉にはある種の真実があると、管理エレメントも告げています」

カンタルはうなずいた。

「それでいい。もう話のじゃまをするな」

アウグストゥスは従順に、ふたたび腰をおろした。話しはじめようとしたカンタルは、ワリク・カウクが居眠りしていることに気づいた。

＊

「起きろ、ワリク！　きみの力が必要だ！」カンタルは叫んだ。

ワリク・カウクは顔をあげた。当惑して周囲を見まわす。マルボオがかれの手を握った。そのやさしいしぐさに、ワリクは驚きをおぼえた。

手を握りかえし、マルボオに笑みを向ける。不思議な気分だった。そのあいだもカンタルの話はつづいた。

「攻撃に向かったK＝2部隊は潰滅したと報告があった。責任者は戦闘で死亡したか、処罰を恐れて逃亡したようだった。ひとつだけおぼえているのは、その男の名前だ。キッチェナーといった。ラオ・キッチェナーだ」

ワリクが声をあげた。

「名前がわかっても、その村落の場所はわからない。せめて地名があれば……」

全員がとほうにくれたとき、意外なところから助けがあった。アウグストゥスが立ちあがったのだ。

「五十体のK＝2が駐屯していた地域ならわかります。地区までは不明ですが」

「どう違うんだ？」ワリクがたずねる。

「ひろさだ」カンタルが答えた。

アウグストゥスはそのかんたんな答えが不満だったらしく、さらにこう説明した。

「地域は広域管理エレメントが管轄し、地区は地区管理エレメントが管轄します」

「へえ」と、ワリク。「この情報は役にたつかな？」

「中国東部地域という発言がありましたが、そういう地域はありません」と、アウグストゥス。「正しい名称は〝上海地域〟です」

「どうしてそんなことを知っている？　おまえの所属はアラスカのジェンセンズ・キャンプだろう？」ワリクがたずねた。

「K＝2はすべて、保安システムの全体構造を知っています」金属的な声に、誇らしげな調子が感じられたように思えた。「上海地域には七つの地区があります。新郷、徐州、南京、武昌、安慶《アンチン》……」

「アンチンだ！」カンタルが叫んだ。「そこにまちがいない！」

ワリク・カウクは跳びあがり、

「行こう！」と、叫んだ。

マルボオがかれの上着をつかみ、すわらせる。

「その状態じゃ無理よ」と、親しげにだが、決然という。「まず、眠りなさい！」

ワリクは慣れないあつかいに茫然としている。マルボオはカンタルに向きなおった。

「ジェント、この人に、すこし眠るようにいって。倒れてしまうわ！」

カンタルはマルボオの熱意に笑みを浮かべた。

「たしかに、そいつは休息が必要だな」

＊

こうしてその晩、マルボオがワリクを自室まで送っていった。驚きから回復したワリクにとって、この展開は好ましく思えた。寝台の端に腰をおろし、戸口に立つマルボオを見る。

「きみが好きだ」と、ワリクは唐突にいった。

マルボオは微笑した。

「わたしもよ」

「いまはすこし混乱しているが……」

「わかってる。ヴレエニーは男を惑わせるタイプだから」

ワリクはかぶりを振った。こんなときにヴレエニー・オルトルウンのことを思いだしたくない。まったく異なる幸福を感じていたから。

手を伸ばして、マルボオをひきよせる。

「だいじな話があるんだ」

「なにかしら？」

「結婚契約と昔ながらの婚礼と、どっちがいい？」

マルボオは目をまるくした。

「これはプロポーズなの？」

「もちろん。それ以外のなんだと思うんだ？」

マルボオは怒ったふりをした。両手を腰に当て、大声でいう。

「ワリク・カウク、わたしは……」

ワリクは立ちあがり、マルボオの腕をつかむと、彼女に口づけした。

「どうなんだ？　契約か、『死がふたりを分かつまで』か」

マルボオは芝居がかった態度をとるのをあきらめた。幸せそうに、頭をワリクの肩に預ける。

「契約が……だって……そっちのほうがふつうでしょう？」

「誓いというのは、ふつうのことじゃない」

「契約は気にいらない？」

「契約というのは、ある年数だけきみがわたしのものになり、わたしがきみのものになると約束することだ。愛情を契約で縛って、なんの意味がある？」

ワリクは熱弁をふるった。

「結婚契約なんて、優柔不断な臆病者がすることだ。わたしには用はない」

「ジェントとヴレエニーは契約したわよ」

「だから？　ジェントはテラ・パトロールの指導者で、知性も高く、勇気もある。でも、女性の伴侶としては自信がないのさ」

マルボオはそれ以上反論しなかった。

「あなたがそう思ってくれてうれしいわ。わたしも結婚契約はいやだったの」

＊

翌朝、ワリク・カウクはこの幸福を高らかに宣言しようとしたが、耳を貸す者はいなかった。個人的な事情をすべて背景に押しやってしまう事態が、早朝に発生していたのだ。アラスカ・シェーデレーアがアンチン事件の情報を掘りだしていたのである。

事件はかなりくわしく記録されていた。〝喉〟への落下のニュース一色だった時期を考えれば、奇蹟に近い。アンチン治安局責任者だったラオ・キッチェナーは、アンフェイ地方の南はずれの村に住む、ピル常用者の集団をきびしくとりしまっていた。村の名はイーシェンといった。脚注によると、キッチェナーの行動は個人的な利益にもとづくものだった疑いがあるようだ。イーシェンの住人はだれの妨害もしておらず、きびしい取締りは不適切に思えた。ただ、噂として、イーシェン付近の地下格納庫に、宇宙航行が可能な船がそろっていたとされている。脚注によると、キッチェナーはそれを目撃したそうだ。

アラスカ・シェーデレーアの記憶では、数百年前、上海の南西数百キロメートルのところに、太陽系秘密情報局の地下格納庫が存在した。大がかりな基地ではないが、技術的には高度なものだった。それがイーシェンの地下格納庫かもしれない。

「これでどこに目を向ければいいのかわかった」ジェント・カンタルがいった。「問題は、どうやってそこまで行くかだ」

先遣隊を送ることが決まり、ドウク・ラングルが志願して、ワリク・カウク、サンテ

・カヌベ、アウグストゥスが同行することになった。テラニア・シティからイーシェンまでは二千キロメートル以上ある。通信はラダカムでおこなうことにした。とはいえ、フルクースがいるので、基本的には無線は使えない。先遣隊はただちにスタートし、午後になる前に現場に到着することとした。

この急展開は、ワリクにとっては困った事態だった。かれはジェント・カンタルに声をかけ、マーラ・ボオテスと正式に結婚するまで《ヒュプファー》には乗らないと告げた。

「だったら、すぐに結婚するのだ！」カンタルがうめくようにいった。

「立会人が必要だ」ワリクは強情だった。

カンタルは目をまるくした。

「立会人が……？」

「判事、司祭、市長、だれでもいい」

カンタルは両手を腰に当てた。

「よく聞け、ワリク・カウク！」と、声をはりあげる。

ワリクは手を軽く振っただけだった。

「大声を出すな」と、カンタルをさえぎり、「ここのボスはきみだ。結婚の立会人を指名してくれ」

こうしてワリク・カウクは、テラ・パトロールのもっとも重要な瞬間に、結婚の立会人を指名させた。選ばれたのはサイルトリト・マルトリングだった。サイルトリトはかなり考えた末に、ようやくひきうけた。

「わたし自身が結婚したいときはどうなるの?」と、サイルトリトはたずねた。

「代理人を指名する権限をきみにあたえる」カンタルはそういって、問題を解決した。

マーラ・ボオテスとワリク・カウクが結婚したのは、十一時ごろだった。盛大な式典というわけにはいかなかった。新郎新婦をのぞくと、だれもあまり真剣ではなかったから。それでも、意味はあった。わずかな生きのこりたちが、あやうくとだえるところだった地球の伝統を継続させたのだから。

3

《ヒュプファー》は十三時ごろ、アンチンの北東数キロメートルのところで、揚子江の上を通過した。地平線には山岳地帯にあるイーシェンが見えている。ドウク・ラングルは大縮尺の地図を見ながら飛んでいた。地図の読みとりは正確だ。

小型宇宙船は慎重に山岳地帯にはいった。いつでも防御シールドを展開できるようにしている。テラニア・シティからの飛行中、以下のような会話があった。

「われわれ、完全に見落としていたことがある！」サンテ・カヌベがいきなりいった。それがあまりに唐突だったので、ワリク・カウクはアフロテラナーを凝視した。

「どういう意味だ？」

カヌベの丸顔が輝き、白い歯がのぞいた。

「イーシェンはきっと重武装してる。K＝2の軍団を潰滅させられるような村が、いったいいくつあると思う？」

ワリクはたしかにその点を考慮していなかった。

「キッチェナーとかいう男は、イーシェンに宇宙船があるのを知ってた。だったら、地元の人間も知ってたはずだろう？」

「そうかもしれない」と、ワリク。

「イーシェンの住民は、全世界が宇宙船をめぐって大混乱になってるのも知ってたはずだ。防御はかためていたはず。一方、K＝2はすぐれた戦闘マシンだ。その軍団が潰滅したんなら、重火器が使用されたにちがいない」

ワリクには反論できない。カヌベは先をつづけた。

「それだけの防御をかためてるとすると、たぶん自動火器管制システムも導入してるだろう。そう思わないか？　エネルギー供給も自力でまかなってるなら、それがいまでも生きてる可能性は高いんじゃないか？」

そんなわけでドウク・ラングルは、麓にイーシェンがある山に向かって、最大限の注意をはらって接近していった。ちいさな村は南西から北東に伸びる谷のなかにあった。以前は谷底に道路があったようだが、尾根ぞいに飛ぶ《ヒュプファー》から観察すると、自然が失地を回復しているようだった。道路があったとわかるのは、そこだけ植物が若く、谷の斜面にくらべてまばらだからにすぎなかった。

湾曲した低地にイーシェンが見えてきた。ラングルが《ヒュプファー》を静止させる。村はワリクの想像とは違っていた。大カタストロフィから十カ月以上がすぎ、あちこちに崩壊の兆候が見えてもおかしくないはずだ。大荒れの天候もそれに拍車をかける。だが、イーシェンは……《ヒュプファー》から見える部分にかぎると……緩慢な崩壊に蝕まれてはいなかった。完全に破壊されていたのだ！

「なにかがおかしい！」カヌベは息をのんだ。「攻撃を撃退したはずなのに！」

「第二波の攻撃があったのかもしれない」と、ラングル。

ワリクはいやな予感に襲われた。

「接近してみよう」

《ヒュプファー》が移動を再開。その瞬間、それが起きた。瓦礫《がれき》のなかにぎらつく赤色光が見え、同時に小型宇宙船は衝撃をうけて、跳ねとばされた。ワリクは頭から天井に激突。世界が花火のなかに沈んでいった。

＊

気がつくと周囲はしずまりかえっていた……頭のなかに鳴り響く音も、もうない。よろめきながら立ちあがる。ドウク・ラングルはシート・バーにおさまり、アウグストゥスとサンテ・カヌベはならんでうずくまっていた。外は一面、グリーンの植物だ。《ヒュプファー》は着陸していた。

「どうなったんだ？」ワリクはかすれた声でたずねた。

「これといった損傷はない」研究者が答える。「谷の湾曲部の手前にもどって、着陸した。ここなら安全だ」

「なんにやられたんだ？」と、ワリク。

「熱線砲だな」サンテ・カヌベが答えた。「エネルギーをすこしずつ射出するんで、ビームは白じゃなく、赤く見える。それにしても、強烈だったな！」

ワリクは背筋を伸ばした。

「これからどうする？」

「指揮官はあんただ。あんたが決めてくれ」

ワリクはとほうにくれた。だが、砲撃の直前に考えていたことを思いだした。

「イーシェンは二度めの攻撃をうけた。たぶん、一度撃退されたキッチェナーがやったんだろう。二度めは運よく、村を破壊できた。すると、どうなる？」

「格納庫はたぶん、からっぽだ」カヌベが落胆して答えた。「船はもうない」

「論理的です」と、アウグストゥス。「計画は失敗に分類され、中断することになります」

ワリクはかぶりをふった。

「いや、確認しなくては。イーシェンに進出し、念のため、自動火器制御システムを停止させる」

「反対側から接近することもできる」と、ドウク・ラングル。

「あるいは、徒歩で近づくか」と、ワリク。

「わたしが先導します」アウグストゥスが志願した。

ハッチが開き、《ヒュプファー》の乗員たちは外に出た。

「熱線砲がちいさな対象に反応しないなら、チャンスはある」ワリクがいった。

だれも反論しないうちに歩きだし、竹藪のなかをぬけて、イーシェンの手前の、谷が湾曲している部分に到達。前方には平坦な草地がひろがっていた。ところどころにちいさな藪も見える。掩体《えんたい》として使えそうだ。

ワリクは駆けだし、おおきく二歩で最初の藪のかげに跳びこんだ。しばらくそのまま身をひそめる。次にまっすぐ右側の藪をめざし、三歩進んだところで急に方向を変えて、左の藪に跳びこんだ。

村のはずれが明るくなった。赤く輝くビームが一条、谷にそって走る。射線上にある藪や木々が燃えあがった。ワリクは驚愕した。砲撃の標的は、いまかくれている藪か、さっきまでひそんでいた藪だけでいいはず。それなのに、砲撃は谷の反対側にまでおよんでいた。

些末なことだ、と、自分にいいきかせる。自動照準システムが機能していないのだろう。それでも自動発射システムは、近づいてくる者がいれば反応する。それをたしかめにきたのだ。問題は、そこから動けないのか、まだ撤退できるのかだった。

十五分間の乱射のあと、ワリクはふたたび竹藪のところにもどった。砲撃は数回あり、いずれもワリクにはあたらなかったが、撃ってくるきっかけもつかめなかった。藪のかげにしゃがんでいるとき撃ってきたり、動いているとき撃ってきたりと、一定しないのだ。砲撃はどれも遠くにはずれていた。

きたときと同じ経路で《ヒュプファー》にもどる。ドウク・ラングルがちょうど出てきたところだった。サンテ・カヌベは地面にしゃがみこんで、目の前を見つめている。

「アウグストゥスはどこだ？」ワリクはたずねた。

「あなたを追っていった。ひきとめることはできなかった」と、研究者。

砲撃のきっかけが一定しない理由がわかった。

「くそ、あの阿呆……」ワリクは毒づいた。

＊

その瞬間、谷の湾曲の向こうからあらたな砲声が聞こえた。ワリクははっとした。一発だけだ。アウグストゥスは砲撃を自分にひきつけ、そのあいだに仲間が村に到達できるように動いていたのか？　撤退するのが早すぎただろうか？　《ヒュプファー》にもどったのは、時間の浪費だったのか？

「もう一度行ってくる！」

ワリクは急ぎ足で竹藪を突っ切り、谷の湾曲部ですこし足を止め、村に向かって駆けだした。ときどき藪のかげに身をひそめ、数秒だけ待つ。砲撃はつづいていたが、ワリクの近くにビームがとどくことはなかった。

アウグストゥスの姿は見えない。谷の反対側に、岩がはりだした部分が見えた。K＝2はたぶんそこに身をかくしているのだろう。ワリクはそのあいだに、砲座のだいたいの位置を確認した。村の南西すみに、地面が盛りあがっているところがあった。家屋の残骸も見てとれる。砲座はたぶんあの地下につくられているのだろう。

砲声がやんだ。アウグストゥスの姿はやはり見えない。慎重になる必要があった。いま姿を見せれば、自動火器はロボットからワリクに標的を変更するだろう。藪のかげにうずくまり、あたりの地形を頭にいれる。《ヒュプファー》の破壊投射機が使えるかもしれない。ワリクはラダカムで研究者に連絡することを考えた。

そのとき、村の残骸のなかに動きが見えた。ワリクは身を乗りだし、藪のあいだから目を凝らした。壊れた家屋のあいだに人影が見えた。動きが奇妙だった。前に跳んで、横に跳んでということを、すさまじい速さでくりかえしている。ただ、黄褐色の衣服を身につけていることはわかった。

ワリクは跳びはねるロボットを茫然と見つめた。ほかの者たちにはまだわからないことが、K＝2にはわかっているのだ。砲撃は村の内部には向けられない。アウグストゥスはどうにか村の境界を通過し、なかにはいりこんでいた。

ただ、絶対に砲撃されないという確信はないらしい。だからああやって、砲撃を避けられるよう、跳びはねているのだ。K＝2は地面の隆起に接近した。大ジャンプで瓦礫の山を飛び越え、次の瞬間、かき消すように見えなくなった。

ワリクはもう、藪のかげにかくれていられなかった。アウグストゥスはマシンだが、四カ月にわたる意識不明状態から回復して、はじめて出会った仲間だった。ジェンセンズ・キャンプで、猛烈なブリザードのあいまの短い時間に邂逅した。アウグストゥスはかれを肩にかついでノームまで運んでくれた。命を救ってくれた。この瞬間、あのマシンのことを心配するのは、当然ではないか。

ワリクは隆起めざして走った。瓦礫に足をとられ、転倒。それがかれの命を救った。その瞬間、地面が震動しはじめたのだ。雷鳴のような爆発音が響いた。アウグストゥスが消えたあたりから、濃い黒煙がたちのぼった。

そこにアウグストゥスがあらわれた。まるで大地から吐きだされたようだ。手足をあらぬ方向にねじ曲げてふっとび、ワリクから五メートルとはなれていない地面に投げだされる。

ワリクは起きあがった。転んだとき、右の足首を痛めていた。足をひきずりながら、身動きしないロボットに近づく。

「アウグストゥス！　どうした……おい……なんとかいえ！」

だが、アウグストゥスはぴくりとも動かなかった。

＊

アフィリー社会では、それまでの人間型ロボットすべてが、Ｋ＝２型ロボットに置き換えられた。だが、Ｋ＝２は、じつはかなり原始的なロボットだった。その主たる理由は、Ｋ＝２が基本的には命令にしたがうだけで、独自インパルスを要しない点にある。これにより、旧世代のロボットに必要だった決断インパルス発生装置が不要になり、製造費用が削減できたのである。Ｋ＝２が原始的だというもうひとつの理由は、アフィリー的設計技術の不完全さにある。製品を開発するには、開発者たちの共同作業が不可欠だ。だが、アフィリカーは共同作業に向いていなかった。開発段階で前アフィリー時代のロボット技術を援用しなかったら、Ｋ＝２は完成しなかっただろう。

アウグストゥスはこの前時代の技術のおかげで生き延びることができた。地下砲台から爆風で吹き飛ばされ、その衝撃で内部機構が停止したが、落下直後から再生メカニズムが作動した。ロボットのダメージを一段階ずつ解析し、修理していく。Ｋ＝２ロボットは前世代の自己修復メカニズムを継承していた。

それでも、作動再開までのプロセスは、すくなくともロボット工学的には、かなり長くかかった。アウグストゥスは一時間以上も横たわったままだった。ワリク・カウクはずっとそのそばにしゃがみこんでいた。ドウク・ラングルとサンテ・カヌベもやってきた。だれもが無言だった。アウグストゥスの状態はよくない。黄褐色の制服はほとんどのこっておらず、そのしたの合成皮膚も爆発で黒ずんで、いやな匂いをはなっていた。

ワリクにとって、ロボットがいきなり動きだしたのは、奇蹟以外の何物でもなかった。ロボットの体内からうなるような音が聞こえ、アウグストゥスは上体を起こして、周囲を見まわした。

「危機は去りました！」と、宣言。

ワリクは笑いの発作に襲われた。

「アウグストゥス、いったいなにをしたんだ？」ようやくそうたずねたときも、まだ発作はおさまりきっていなかった。

「砲撃の射界の側面から接近して、村にはいりました」アウグストゥスが淡々と答える。「村のなかに向けて砲撃はできないだろうと推論したのです。そこで砲座を発見し、制御盤を操作したところ、爆発しました」

「命を落とすところだったんだぞ」と、ワリク。「そもそも、自分がなにをしたのかわかっているのか？」

「サイバネティクスの原理は理解しています」アウグストゥスは強情に答えた。「それに、わたしはつねに管理エレメントに接続し、その指示で動いています」

ワリクは怒ったようにうなずいた。

「すべてを管理エレメントのせいにするのは、もう終わりにすべきだ」

アウグストゥスはなにも答えない。

「村にはいる途中、ありえないものを見た」と、ワリク。

「なにを見たのですか？」アウグストゥスがたずねる。

「死体だ」と、ワリクは答えた。

＊

柔らかい部分は腐敗していた。のこっているのは骨格と、衣服の切れ端だけだ。白骨死体は家屋の残骸のなか、崩れた壁にかこまれた四角い部屋に倒れていた。

さまざまな知識に通じたサンテ・カヌベが、男の死体だと鑑定した。大カタストロフィの前、イーシェンが破壊されたときに死んだものとは思えなかった。もしそうなら、ほかにも多数の死体がなければおかしい。ワリクはアウグストゥスに村の廃墟を調査させ、ドウク・ラングルはそのあいだ、船にもどった。谷の南東側の斜面には、切りたった岩にはさまれた、せまい亀裂があった。村にも近く、《ヒュプファー》のかくし場所にはもってこいだ。

ワリクは棍棒型の小型宇宙船が上昇し、岩のあいだに消えるのを見守った。まもなくアウグストゥスがもどってきた。

「十五軒の壊れた家屋を調べました。全戸数の三分の一ほどにあたります。死体は見つかりませんでした」

「住民はどこに消えたんだ？」と、サンテ・カヌベ。

「襲撃を避けて、どこかに身をかくしたのかもしれない」ワリクがいった。

「このあわれな男ひとりをのこして？」

ワリクは肩をすくめた。からっぽの村と死体は関係があるのかと、しばらく仮説を検討する。やがて斜面を村の残骸のほうに降りてくる、ドウク・ラングルの姿が見えた。いつもより動きがすばやく、感覚器官が興奮したように震えている。

「重要な発見がある。こちらへ！」

ラングルはそういって、やってきた道をひきかえしはじめた。ほかの者たちがついてくるのは当然だと思っているようだ。村を出て、《ヒュプファー》をかくした亀裂に向かう。道は険しく、ワリクと、とくにサンテ・カヌベは汗だくになった。亀裂は小型船がぎりぎりはいれる程度の幅しかなく、《ヒュプファー》の反対側に出るには、岩壁と船のあいだを押し通らなくてはならなかった。亀裂はその先で終わり、暗い洞窟が口を開けていた。

「なかに進んで！」と、ラングル。「ロボットに投光照明があるはず。それを点灯するといい」

ワリクは不気味に感じながら、アウグストゥスに合図して投光器を点灯させた。まぶしい光が洞窟の闇を切り裂く。

サンテ・カヌベが思わず声をあげた。光のなかに白骨と、朽ちかけた衣服の山が浮かびあがったのだ。天井の低い洞窟には、かすかな腐敗臭も漂っていた。ワリクは頭蓋骨を数えた。ゆっくりと動く光のなかで、その数はたちまち四十を超えた。ワリクは顔をそむけた。とても耐えられない。村にあった死体は、大量殺人鬼が見落としたものにちがいなかった。それ以外の犠牲者は、すべてこの洞窟にまとめて放りこんだのだ。

「おい、ここになにかあるぞ！」サンテ・カヌベが叫んだ。

ワリクは洞窟の入口を振り返った。アウグストゥスが光をそちらに向ける。サンテが入口のすぐ近くを指さしていた。ブラスターを使って、岩に文字が刻まれていた。ワリクは苦労してそれを読んだ。

〝かく復讐は成れり　ＬＫ〟

思いだすのにたいした時間は必要なかった。ＬＫ……ラオ・キッチェナーだ。それはたしかに恐ろしい復讐だった。

4

亀裂の手前の空き地がちょうどいい野営地になった。ふたり用テントをはってワリク・カウクとサンテ・カヌベの寝場所にし、ドウク・ラングルは《ヒュプファー》で休むことにする。アウグストゥスに休息は必要ない。古めかしい中波無線送信機を設置し、アンテナをはる。出力は最低限にして、そのぶんだけ指向性を絞りこんだ。送信機の調整のため、微弱な測定インパルスを発信。ようやくテラニア・シティに状況を伝え、インパルスがおおきくはっきりと伝わることを確認した。

この作業で午後のほとんどがつぶれた。恒星メダイロンの赤い円盤が地平線に沈みはじめる。ドウク・ラングルは《ヒュプファー》にもどった。ワリクとサンテは亀裂の前に腰をおろし、イーシェンの村がある谷間をじっと見おろした。

「ここでなにか見つかるとは思えない」サンテが不機嫌にいった。

「ラオ・キッチェナーがなにかを見つけたという証拠もない」ワリクが反論する。

「しかし！」

「つまり、地下格納庫が発見できないと思うのか？」

「そうだ」

アウグストゥスはすこしはなれて、岩壁に背中を預けていた。なにか熟考するように、じっと目の前を見つめている。焦げた合成皮膚の匂いがましになるまで、近くにくるなとワリクにいわれたのだ。

「見てみろ」ワリクは周囲を見わたした。「ここから東は丘もなだらかになって、見晴らしがいい。一方、西側は山また山で、深い峡谷も無数にある。いいかえれば、見通しがきかない。地下格納庫をつくろうと思ったら、山をくりぬいて、内部の空洞を使おうと考えるだろう。費用も安くあがるしな。あそこに見えるまるい山頂だが……」と、イーシェンの西、谷の向こうに見える山を指さし、「……高さは千二百メートルを超えるだろう。ここでかくされた格納庫を探すなら、まず、あの山を当たってみるところだな」

サンテは疑わしげな顔だった。

「そうだとしても、どうやって入口を見つけるんだ？」

「入口はいくつかあるはずだ。いずれにせよ、頂上付近には非常用ハッチがあるだろう。まず、それを探してみればいい」

陽が沈むと、ドウク・ラングルが《ヒュプファー》から出てきた。

「黒い異人の宇宙船が動きだした」と、報告。「四隻だ。捜索を強化したらしい」

「このあたりをとおりそうか？」ワリクは驚いてたずねた。

「どうかな。千キロメートルほど北を飛行している」

つまりその夜はもう、テラニア・シティとの連絡はとれないということだった。

＊

夜はしずかにすぎ、ワリクは夜明けとともにテントを出た。ラングルはすでに起きだしてきていた。

「黒い異人は真夜中の二時間後に捜索を打ち切った」

ワリクは夜中に思いついたことがあり、何度も目をさましていた。

「どの方角に飛び去った？　北西か？」

「そう、いつものとおりだ」と、研究者。

「だが、東からきたのだな？」

「そのとおりだ」

「どうしてそんなまわり道をすると思う？」

「その点は考えてみた」ラングルが答えた。「この惑星の歴史を知ったのではないかと思う。ナムソスから西に飛行してテラニア・シティに向かうと、北アメリカ大陸、日本列島、中国東部を通過することになる。人口が密集し、テクノロジーがもっとも発達していた地域だ。黒い異人は、多数の人類がどこかにかくれているという考えを、まだ捨てていないのだろう。そのため、人類発見の確率がもっとも大きい地域に、捜索の目を集中しているのではないか」

ありそうなことだと思えた。それなら帰途の説明もつく。人類文明がもっとも発達していた、西アジアからヨーロッパの大部分を通過することになるから。

ワリクはテラニア・シティに連絡し、アラスカを呼びだすと、太陽系秘密情報局の地下格納庫について、もっと思いだしたことはないかとたずねた。だが、残念ながら、アラスカは格納庫の配置に関与していなかった。わずかな知識も偶然に得たもので、それ以上のことはなにも知らないのだ。

そのときサンテ・カヌベがテントから出てきた。通信の最後の部分を聞いたらしく、不機嫌な表情だ。

「だから、なにも見つからないといったろう」ワリクが通話を終えるのを待ち、そう指摘する。

「不吉なことをいうな。いいから、朝食の用意でもしたらどうだ?」と、ワリク。

それぞれ携行食で朝食をすませると、ふたりは《ヒュプファー》に乗りこんだ。目的地は前日ワリクが目をつけた、高さ千二百五十メートルの山の上だ。山全体を超音波で探測し、空洞を探す。この方法で発見できる見こみは薄かった。音波探測程度なら、もっともかんたんな対探知技術で隠蔽できるから。問題は、保安システムがまだ機能しているかどうかだった。

探測結果はネガティヴで、日没とともに《ヒュプファー》はかくれ場にもどった。午後遅くなるにつれ、ワリクは小陛下のインパルスが強まってくるのを感じた。意識がときどき朦朧《もうろう》となり、ほんの数分だが、独自の思考ができなくなることさえあった。サンテ・カヌベはそれ以上にひどかった。二時間近くも《ヒュプファー》の片隅にうずくまり、うつろな目を見開いているだけになってしまったのだ。

ドウク・ラングルは、ほとんど影響をうけていなかった。インパルスは人類の意識にあわせて調節されており、研究者には暗示的な効果しかもたらさないらしい。

夜は前の晩のくりかえしだった。ワリクとサンテは亀裂の前に腰をおろし、谷間を見おろした。小陛下の放射は、どうにか耐えられる程度になっていた。脳が徐々にインパルスの強さに慣れているのだろう。

すっかり暗くなったころ、ラングルが《ヒュプファー》から出てきて、八隻のフルクース船が捜索していると報告した。サンテとワリクはそのあとすこしして就寝した。不安な夜になりそうだった。

＊

ワリク・カウクは刺すような頭痛で目をさました。

起きあがって、闇のなかに目を凝らす。どこからか不気味な音が聞こえた。正体は不明だ。脳内にいすわったなにかが、自発性を麻痺させていた。

しばらくは自分がどこにいるのかわからなかった。意志の力で、意識のなかの異質な影響を押しのける。それが小陛下の精神インパルスだと自覚すると、力は倍加した。無理にも思考をクリアにする。周囲を見まわすと、サンテ・カヌベが消えていることがわかった。

声がようやく意識にとどいた。

「もういい！　聞いてるか？　もうたくさんだ！　どうせ黒い異人がやってきて、すべてが終わるんだ。おれはもう耐えられない……」

ワリクは跳ね起きた。テントの入口が半開きになっていた。星明かりのしたに駆けだす。左を見ると、サンテが通信機の前に膝をつき、片手にマイクを握っていた。バッテリー・ランプがグリーンになっている。スイッチがはいっているのだ！

ワリクは怒りの叫びとともに、アフロテラナーに突進した。襟首をつかんでひきずり起こし、顎にパンチを見舞う。サンテはうつろな目で膝をつき、マイクをとりおとした。

ワリクは意識を失った男を脇に転がし、通信機のスイッチを切った。しばらくは、狂気にとらわれたサンテの行動にひきよせられたフルクース船があらわれるのを予期するかのように、じっと夜空をにらみつける。やがてアウグストゥスを呼んだが、ロボットの返事はなかった。ワリクは《ヒュプファー》に急ぎ、ハッチをたたいた。たたきつづけていると、反重力ハチの巣シリンダーにはいっていたドウク・ラングルがようやく気づいた。

ハッチが開く。

「サンテがおかしくなった！」と、ワリク。「通信機のスイッチをいれて、わめきちらしていた。敵に気づかれたかもしれない！」

研究者は感覚器官をふたつ動かして、了解したことをしめした。小型船のなかにもどり、探知機を操作する。数分後、探知が完了した。

「まだ八隻のままだ。チーリェン山脈の、フンボルト連山付近にいる」

ワリクはおおきく息を吸いこんだ。指向性を絞りこんでいたので、フルクースはサンテの通信を傍受できなかったという希望にしがみつく。実際、そのとおりのようだった。

「もうしばらく監視をつづける」と、ラングル。

「それがいい。そうしてくれ」

ワリクはサンテのところにもどった。サンテはちょうど意識をとりもどし、目をまるくして地面を見つめていた。

「ど、どうしたんだ?」興奮で舌がもつれている。「どうして……ああ!」

痛む顎に片手を当てる。記憶がよみがえり、ワリクにつめよる。サンテは跳びあがった。

「わたしを殴ったな? なぜだ?」と、ワリクにつめよる。

「あやうく敵に居場所を知らせるところだったからだ、ばかもの」と、ワリク。

状況を説明すると、サンテは信じられないという顔でワリクを見つめた。

「わたしが通信機のスイッチを……?」

「……そして、マイクに向かって狂人のようにわめいていた」

サンテは頭をかかえた。

「なんというばかなことを!」

打ちひしがれたようすを見て、ワリクは同情をおぼえた。

「どうやら、フルクースには気づかれずにすんだようだ」と、サンテを安心させる。

「どうしてそんなことをしたのかわからない」サンテがいった。「ほんとうだ。小陛下の放射のせいにちがいない」

「たぶんな。とにかく、休め。殴って悪かった」

アフロテラナーはテントのなかに消えた。ワリクは通信機を二重にロックし、キイをポケットにしまった。これでサンテは愚行をくりかえせないはず。自分が小陛下の精神放射にやられたら、どうにもならないが。あすは通信機を勝手に使えないよう、なにか手段を講じなくてはならない。

ワリクの疲労は消しとんでいた。そのまま眠らずにいると、やがて東の低い丘陵地帯の上の空が明るくなりはじめた。ラングルが出てきて、八隻のフルクース船は北西に飛び去ったと報告した。

ワリクは通信機のロックを解除し、テラニア・シティに呼びかけた。ジェント・カンタルが応答した。

「ゆうべのたわ言はなんだ？」カンタルが不機嫌にたずねる。

「サンテ・カヌベがおかしくなった」と、ワリク。「精神放射が強まっているのは、そっちも気づいていると思うが」

「もちろん気づいている。だが、K＝2に通信機を見はらせておけば、こんなことは起きなかったはずだ」

ワリクはカンタルの口調が気にいらなかった。

「なにもかも予想することはできない」と、苦々しげに、「われわれ、なんでもお見通しの天才ではないからな」

「心配するな、わたしが鍛えてやる」カンタルは笑いながら答えた。

「ここで見るかぎり、フルクースが気づいたようすはない」ワリクはすこし気をしずめた。「そちらでも確認できないか？」

「できると思う。サンテがわめいている間じゅう、アラスカが八隻の敵船を監視していた。妙な動きはなかったそうだ。どうやらまた、難を逃れたらしい」

「わかった。いうまでもないが、こんなことは二度と起こさない」

「わかっているさ」カンタルが親しげに答える。「信頼している、ワリク」

そのあと、夜明けの直後、アウグストゥスが谷間からもどってきた。

「どこにいっていた？」ワリクがたずねた。

「秘密の格納庫を探していました」ロボットが答える。

ワリクはむっとした。

「むだな行為だ。どこを探せばいいのかもわからないのに」

アウグストゥスはなにも答えなかった。

5

　捜索はその日もつづいた。小陛下の精神放射は、前日ほど強くはなかった。それでもサンテ・カヌベは、たぶん前の晩の出来ごとの影響だろう、悲観的になり、ワリクは徐々に怒りを募らせていった。

　最高峰から周囲の山々にも調査の手をひろげたが、成果はあがらなかった。ドウク・ラングルは《ヒュプファー》のあらゆる機器を総動員したが、山の内部に地下格納庫をしめす空洞は発見できない。

「ふたつの可能性が考えられる」午後遅く、小型船を帰還させるとき、研究者がいった。「場所が違っているか、秘密格納庫の建造者が多数の保安処置を講じていて、それがいまだに機能しているかだ。いずれにしても、いまの方法で発見できる可能性はない」

　サンテはその言葉に活気づき、立ちあがった。

「いまの話を聞いたか！」一日じゅう落ちこんでいたとは思えない、熱心な口調だった。「希望はないということ！　捜索をつづける時間はない。ゆうべのことから考えても、完全に小陛下の影響下に置かれることになるのは、もうすぐだ。むだにしている時間はない。すぐにも地球をはなれなくては」

ワリクはじっとサンテを見つめた。

「どうやって実行するつもりだ?」

「かんたんなことだ」アフロテラナーは興奮して答えた。「《ヒュプファー》がある。全員は乗れないが、半数ならなんとかなるだろう。二度にわけて運べばいいだけだ」

「行き先は?」

「無人惑星ならどこでもいい。《ヒュプファー》で無人惑星が探せないってことはないだろう?」

「もちろんだ。問題は、それにどのくらいの時間がかかるかだ。のこりの半数は地球で待っていなくてはならない」

「だから……?」

「そのあいだに、きみが恐れているとおりのことが起きる。小陛下が全員の意識を乗っとってしまうだろう。それだけではない。《ヒュプファー》は地表近くを飛んでいるかぎりフルクースの探知の目を逃れているが、宇宙に出ればそうはいかない。すぐに探知されてしまうだろう。フルクースもばかではない。確実に監視しているはずだ。《ヒュプファー》がのこる半数を連れにきたら、確実に撃墜されるだろう」

サンテ・カヌベはうなだれた。

「あんたには現実が見えてないんだ」と、低い声でつぶやく。

「わたしには見えている」と、ワリク。「恐怖に目を曇らされていなければ、きみにも見えるはずだ」

アフロテラナーはなにもいわず、ふたたび宇宙船のすみにうずくまった。ワリクは顔をそむけた。その視線が、じっと立ったままのK＝2に向く。思わず笑みが浮かんだ。

「ときどき、たよりになるのはおまえだけだと思えることがあるよ」と、冗談をいう。

だが、アウグストゥスは真剣にこれに応じた。

「そのとおりです。この使命を成功に導けるのは、わたししかいません」

ワリクはロボットに背を向けた。無意味なことをいって、無意味な答えが返ってきただけと思ったのだ。数秒して、ようやくアウグストゥスの言葉の重みに気づく。

ワリクは振り返った。

「いまなんといった？　成功に導ける？」

「わたしには可能です」ロボットがしずかに肯定。

「地下格納庫の場所を知っているのか？」

「知っています」

「だったら、どうしていわなかった？」

「けさ、伝えようとしました」と、アウグストゥス。「しかし、あなたはわたしの能力に疑念を呈《てい》し、適切な質問をしませんでした」

ワリク・カウクは悄然とその場に立ちつくした。アウグストゥスが夜明け直後に、谷間からもどってきたのを思いだす。それを見て、どこに行っていたのかとたずね、怒って話を打ち切ったことも。

ワリクは頭をかかえた。

「ときどき自分でも、いったいなにを考えていたんだと思うことがあるな」

*

アウグストゥスは、着陸した日にはもう、最初の微弱なインパルスを感じたと述べた。アフィリー政府が全市民に発信を義務づけた、個人識別コード……PIKに似たものだという。最初は谷間に住む人々のコードかと思ったが、二日めになって、インパルスがつねに同じ場所から発信されていることに気づいた。動かない人間？　死体からPIKを回収し忘れたのだろうか？

だから前の晩、確認に行ったのだ。インパルスの発信源は谷をいくつか隔てた場所で、ぜんぶで四カ所あり、アウグストゥスはそのすべてを調査した。そこには岩をくりぬいた通廊があり、入口は鋼の扉でふさがれ、周囲には植物が繁茂していた。発信源はその扉だった。イーシェンの人々は目端《めはし》がきいたらしい。扉から発信されているインパルスは、たしかにイーシェンの一住民のPIK信号だった。その住民だけが扉を開くことができる。PIK信号が特殊な方法で、扉の信号と同調しているのだ。両者は干渉によって打ち消しあうか、倍に増幅されることになる。その場合にのみ、扉が開くのである。

つまりイーシェンには、地下格納庫にはいれる人間は四人しかいなかったということです、と、アウグストゥスは説明した。通廊の先にあるのが、ほんとうに格納庫だとしても。ただ、ずっとそうだったわけではないだろう。たぶん以前はもっとたくさん通廊があったが、その〝鍵〟を持つ者たちが死んでいったのではないだろうか。

早朝に帰還したとき、アウグストゥスはこのことを伝えようとした。だが、ワリクの反応を見て、この情報はもう不要になったと判断し、黙っていたのだ。

夜のうちに、四つの扉のひとつと完全に同じインパルスを発生させるコード発信器が完成した。その扉はワリクが最初から目をつけていた千二百五十メートルの山の、南西斜面の切りたった峡谷の岩壁にあった。ほかの三つの扉の位置からも、ワリクが正しかったことが判明した。捜索する場所がすこしずれていただけだ。

夜になると、ふたたび黒い異人の宇宙船があらわれた。前夜と同じく八隻で、戦略の変更はないらしい。八隻は陽が昇る前に、やはりナムソスにもどっていった。小陛下のインパルスは多少ともおさまっている。

ワリクは興奮して、朝を待ちわびた。

＊

せまい渓谷を通過するのは《ヒュプファー》にもかなり困難だった。ドウク・ラングルは岩壁のあいだに多少の余裕がある場所に小型宇宙船を着陸させた。なにかあっても、空への脱出路だけは確保できる。

アウグストゥスは鋼の扉をかくしている植物をみずから排除した。この十カ月で繁茂したとは思えない成長ぶりで、たぶんまだイーシェンに人がいたころから、こうやって扉をかくしていたのだろう。

扉のインパルス発生機は、放射を集束させるビーム化メカニズムと同調していた。一晩でつくったコード発信器をこのビームの射線上に置くと、一種の光学計測により、コード・インパルスを水平方向に十分の一ミリメートル単位で前後に動かして、扉との距離を調整できる。

サンテ・カヌベは、扉が動いたらすぐにわかるよう、通廊の真正面に立った。ワリクがコード発信器を作動させる。三十秒がすぎたが、サンテはなんの動きも音もないと報告。ワリクはコード発信器を慎重に動かしはじめた。

「おい！　なにか動いたぞ！」サンテがいきなり叫んだ。

ワリクは地面の震動を感じた。サンテは重い鋼の扉の前に立ち、ワリクがつい笑ってしまうほど茫然と、それを見つめていた。扉は一ミリメートルも動いていなかった。岩壁から十メートルほどはなれたところに、入口が出現。隙間がだんだんひろがって、最終的に幅六メートルの通廊が口を開き、震動がとまった。

「とにかく、進もう」サンテが憤然といった。

あらたに開いた入口に、よろめくように近づく。サンテは飾り気のない通廊のなかを覗きこんだ。壁面は滑らかで、高さも幅も、かなりの大きさのものを運びこめるサイズだ。天井には心地いい黄白色の光をはなつパネルがならんでいる。内部のエネルギー設備がいまも稼働しているのだろう。

「鋼の扉はダミーだったわけだ」ワリクがいった。「力ずくで押しいろうとすると、上の岩が落ちてくるしかけだな」

ドウク・ラングルはのこって外を監視し、ワリクとサンテとアウグストゥスが地下格納庫を調査することで意見が一致した。入口が自動的に閉じた場合は、ワリクのもとめに応じて、研究者がコード発信器を使って開けることにする。

ひろく明るい通廊を通って、ワリクたちは山の内部に向かった。通廊は直進し、八百メートル先で鋼のハッチにぶつかったが、これはかんたんに開いた。

その先は暗かったが、一瞬後、どこか高い場所で強力な太陽灯が点灯した。第二、第

三、第四の照明も次々に点灯。すぐに周囲はすっかり明るくなった。

ワリクはあたりを見まわし、地下空間の巨大さに圧倒された。ホールは楕円形で、長径は数キロメートルありそうだった。床はつや消しの鋳造プラスティック製だ。ニダース以上の宇宙船の駐機場所が、鮮やかな色彩でマークされている。

ワリクは明るく照明された空間を眺め、胸が締めつけられる思いだった。マークははっきりしているが……そこにあったはずの宇宙船は、一隻ものこっていなかった。殺人者のラオ・キッチェナーが、大カタストロフィの生存者をだしぬいたのだ!

ぼんやりした絶望をおぼえはじめたとき、ずっと奥のほうに、くすんだきらめきが見えた。太陽灯の光と床の反射が混じりあって、ホールの輪郭がぼやけているあたりだ。その正体はわからないが、希望がふたたび燃えあがった。歩きはじめる。最初はゆっくりと、機械的に足を進める。だが、そのうちにどんどん速度があがり、とうとう小走りになった。広大な床の上を、明るい色彩のマークの横を通って、遠いきらめきに向かって走る。

ある程度まで近づくと、ようやく正体がわかった。それが見えた瞬間、歓喜の叫びをあげる。あとからくるふたりに、自分が見たものを大声で伝えたかった。だが、息が苦しくて、声が出ない。かろうじて、うめくような声を絞りだした。

「コルヴェットだ……」

乗りこんでみると、なぜラオ・キッチェナーがこの艦を置いていったのかは明らかだった。損傷していたのだ。司令スタンドの状態から見ると、イーシェンの住民数人がたてこもり、キッチェナーの部隊に徹底抗戦したらしい。

ワリク・カウクは宇宙航行にはくわしくないが、損傷の補修には、一週間くらいはかかりそうだった……そのための機材があればだが。

＊

仲間ふたりとともにひきかえしはじめたときは、正午近くになっていた。ワリクははいってきた入口にまっすぐ向かうのではなく、壁ぞいに南に進んでみた。壁には多くのハッチがあった。どれも外部に通じているらしい。二キロメートルほどのあいだに、六個のハッチが見つかった。全体で、すくなくとも四十の出入口があるようだ。アウグストゥスの推測は正しかった。

通廊のハッチ以外にもドアがあった。その向こうはさまざまなひろさの部屋で、どれも装置類で埋まっていた。ほとんどの装置が作動している。太陽系秘密情報局の古い地下格納庫は、大カタストロフィから十カ月がすぎたいまも、完全に〝生きている〟施設だった。保安システムも機能しているようだ……だから《ヒュプファー》は、この地下施設を発見できなかった。

ワリクが予想したとおり、通廊の出口は閉まっていた。ドウク・ラングルに信号を送る。研究者はコード発信器を使って、岩の扉を開いた。ワリクは手短かに事情を説明した。

ラングルはしばらく黙って考えこみ、やがてこういった。

「飛行可能な宇宙船が発見できればいちばんよかったが、状況を考慮すれば、宇宙船を発見できただけで感謝すべきだろう」

こんなときでなかったら、ワリクはこの言葉を奇異に感じただろう。だれに感謝するというのか？　運命の力に？　それとも、研究者はワリクが名前を知らない神を信じているのか？　そんなことを考えている時間はなかった。ワリクは《ヒュプファー》に乗りこんだ。巨大ホールでの発見も、かれの思考を妨げることはない。推測はほぼ正しかった。コルヴェットを修理するには、最大で九日から十日かかるだろう。そのころには小陛下の放射が強くなり、だれも逆らえなくなっているはず。

せまい岩のあいだを小型宇宙船で通過するラングルの操船が、神経にこたえる。ジェント・カンタルに報告するのが待ちきれなかった。こんな不安な気分なのは、宇宙船の知識がないせいだ。方針を決定できる人間に、早くゆだねてしまいたい。

ラングルのシート・バーのすぐ近くにある壁の窪みにうずくまり、船首の窓から外を眺める。視界が開け、イーシェンの村がある谷間が見えるようになった。ワリクは《ヒュプファー》の機首から谷間を見おろした。

「もどれ！」かれは叫んだ。

村の残骸のなかに、黒い異人のボウル型の船が二隻見えた。瓦礫と船のあいだをちいさな黒い点が動きまわっている。

ラングルは質問もせず、小型船を停止させ、せまい岩のあいだにもどした。

「なにか見えたのか？」

「黒い異人が村にいた」

サンテ・カヌベがうめき声をあげた。ワリクは顔をそむけた。前々夜のサンテの愚行は気づかれていないと思っていたが、フルクースは人類の戦略を学習し、時間をおいて反応したらしい。油断させておいて、こっそりイーシェンの村に進出したのだ。

この瞬間、ワリクはアフロテラナーの首を絞めたい気分だった。だが、同時に、そんなことをしても状況が変わらないこともわかっている。

ラングルが《ヒュプファー》を浮上させた。

「探知されないか？」ワリクがたずねる。

研究者の感覚器官が、確信のなさをしめして揺れる。

「質問が多すぎる。黒い異人になにが可能か、わたしは知らない」

「それを知るのはかんたんです」アウグストゥスが口をはさんだ。

「かんたん? どうするのだ?」

「この船を探知すれば、すぐに攻撃してくるはず。しばらくして攻撃がはじまれば、探知されたとわかります。攻撃がなければ、探知されていません」

ワリクはおおきくうなずいた。

「ときにはいいことをいうな」と、K＝2を賞讃。

「探知されていない場合、どうする？」と、ラングル。

ワリクの意識の一部は、すこし前からそのことを考えつづけていた。

「手はひとつだ。われわれの存在を知られるわけにはいかない。黒い異人が送信機を発見し、自動送信だと思いこむようにしむける」

「どうやって？」

「それを考えているところだ」ワリクは低い声で答えた。

＊

ワリク・カウクとK＝2が動きだしたのは、午後まだ早い時刻だった。《ヒュプファー》はせまい岩の隙間にひっこんだままだ。フルクースには気づかれていないようだった。

アウグストゥスは、ワリクが考えた偽装のための装置を運んでいた。実際にはそれは装置でもなんでもなく、雑多な部品のよせ集めだった。ほんとうの機能はただひとつ、ありもしない機能が、あるようによそおうことだけだった。

作戦開始を日中にするか夜にするかで、討論がおこなわれた。論点はふたつあった。第一、フルクースがあたりを調査して、ワリクがしかけをする前に送信機を発見してしまうのではないか。つまり時間が重要だという点。第二、ラングルとワリクの意見で、フルクースのおもな活動時間が夜間だという点。日中は、活動するにしても、どうしてもという場合だけではないかと考えられる。

ワリクとアウグストゥスはかくれ場のはずれから谷間を見おろした。黒い異人のボウル型宇宙船は、まだ村の南端に着陸したままだ。フルクースたちは瓦礫のあいだを捜索していた。状況は一時間前、ワリクがはじめて異人に気づいたときから、あまり変化していない。あちこちを動きまわる黒い点は、二十三個を数えた。ここからは見えないフルクースもいるはずだ、と、ワリクは思った。一隻の乗員は、たぶん十五人くらいだろう。

右に目を向け、数キロメートルはなれた、《ヒュプファー》が最初に着陸したあたりを見る。とくにじゃまははいらず、ワリクとK＝2は渓谷の反対側の崖までたどりついた。斜面を登り、日没の直前、最初に船をかくした亀裂に到達。

ワリクはただちに作業にかかった。送信機にクロノメーターが組みこまれていて、ほぼ定期的に音声を送信するようになっていると、フルクースに信じこませるのだ。読みあげる文章は音声メディアに記録されている。ラングルはワリクに、音声メディアをいくつか手わたした。メタルプラスティック製の、ちいさな円形パネルだ。ただ、再生装置は手放さない。送信機が無傷でフルクースの手に落ちた場合、ここでなにをしていたか、すぐにわかってしまうから。

つまり、無傷で送信機をわたすことはできない。ワリクがつくったもうひとつの〝装置〟は、一種の爆破装置だった。実態はテルムの女帝の研究者が着陸場所をマークするのに使う、発光カプセルだ。通常は光を発するだけで、爆発するわけではない。それでもカバーのしたに押しこめば、送信機くらいは破壊できる。

ワリクはちいさな音声メディアを慎重に〝爆破装置〟に押しこんだ。爆発で周囲に飛び散れば、フルクースはこちらの望む結論に到達するだろう。発光カプセルをしかけ、送信機のカバーをはずすと破裂するように信管を設定する。

そのあいだにアウグストゥスはテントをかたづけ、《ヒュプファー》の痕跡を消去した。作業がすべて終わったときには、赤い恒星の下端が地平線に接していた。アウグストゥスは亀裂の先へ這い進み、谷間を見おろした。ワリクは送信機を作動させた。サンテ・カヌベがわめいていた言葉を思いだし、大声をはりあげる。

「もういい！　聞いてるか？　もうたくさんだ！　どうせ黒い異人がやってきて……」

サンテと同じように、途中で言葉をとぎれさせた。送信機を切り、待機。数分後、アウグストゥスが見はり場所からもどってきた。

「敵はたしかに送信を傍受したようです。ひとりがこちらに向かってきます！」

ワリクはうなずいただけだった。アウグストゥスは丸めたテントを背負い、亀裂の南の斜面を登りはじめた。ワリクもすぐにあとにつづいた。

＊

ふたりは崖の上から、急速に暗くなっていく亀裂を見おろした。亀裂が渓谷に口を開いたあたりから、さまざまな音が聞こえてくる。フルクースが徒歩で近づいてきていた。宇宙船は村の廃墟に置いたままだ。

亀裂の入口に最初の黒い異人が見えた。この種族の特徴で、身長は百六十センチメートルとあまり高くないが、肩幅はとてつもなくひろい。黒い刺のあいだに、黒い毛がびっしりと生えていた。身につけているのは短いズボンと幅広のベルトだけで、ベルトには武器や装備がさがっていた。両肩のあいだにいきなり生えているような扁平な頭部には、空色の、おおきな視覚器官があった。

異人が送信機に気づいた。仲間に手で合図を送る。増援が到着して、ようやく調査にとりかかる。偵察にきたフルクースは、ぜんぶで六人だった。ずんぐりした武器をかまえ、送信機に近づいていく。

聞こえるのは異人の足音だけだった。フルクースの足はものをつかめる形状で、地面の凹凸が大きくても、苦にはならないようだ。

しばらくは送信機を遠巻きにして、観察だけで正体をたしかめようとする。話し声は聞こえないが、身ぶりがはげしくなった。敵が近くにいると想定しているらしい。声を出して、よけいな危険を招きたくないのだろう。

身ぶりによる議論で、装置をもっと近くで調べることになったようだ。四人が仲間からはなれ、周囲を警戒。あとのふたりは武器をベルトにもどし、べつの道具を手にとった。それを使って送信機のカバーをはずそうとする。

ワリクの緊張が高まった。夕方の光のなか、フルクースが送信機のカバーの一部をはずし、慎重に脇に置いた。ふたりは内部を覗きこんだが、のこりのカバーもはずさないと、よく見えない。

ワリクは目を閉じた。数秒後、鋭い擦過音が聞こえ、直後にメタルプラスティックが裂ける特徴的な音が響いた。目を閉じていても、真昼のような明るさを感じる。甲高《かんだか》い吠え声と、発光カプセルが光をはなって燃える音がいりまじった。そのあとは、すぐにまたしずかになる。

ワリクは慎重に、ぎゅっと閉じていた目を開いた。発光カプセルの炎はとっくに弱まっていたが、それでも眼下の亀裂は青白色のまぶしい光につつまれ、目が痛いくらいだった。濃い煙がたちこめ、オゾン臭が鼻をつく。光の爆発が放出したエネルギーは、一部が紫外線領域にまでおよんでいた。

送信機は残骸しかのこっていない。部品があたり一面に散乱していた。カバーをはずしたふたりのフルクースは、送信機のそばに倒れている。亀裂の入口付近にもふたりが倒れていた。外に逃げようとして、逃げきれなかったようだ。ひとりは身動きしているが、もうひとりは動かない。

のこるふたりはもうすこし運がよかった。なんとか亀裂の外にたどりつき、腕を前に伸ばして、よろめき歩いている。失明したのだ!

ワリクは動揺した。送信機を破壊したかっただけで、フルクースを傷つけるつもりはなかった。光の爆発がこれほどの致命的な影響をあたえるとは、思っていなかったのだ。

亀裂の入口あたりをよろめき歩いていた黒い異人のひとりが、ワリクのほうに顔を向けた。そのまま亀裂のなかにはいってくる。ワリクはその目の色が変化していることに気づいた。透きとおったブルーだった目が、白濁し、黄色っぽくなっている。

ワリクはようやく気づいた。夜の異人との戦いに、光が強力な武器になることに。

6

《ヒュプファー》はなんの妨害もなくイーシェンをはなれた。ワリクとアウグストゥスは帰途につく前、重武装のフルクースの一団が、谷間からあの亀裂に向かうのを目にした。黒い異人たちはしばらくのあいだ、死傷者の世話で手いっぱいだろう。

ふたりが小型宇宙船に帰着したのは真夜中ごろだった。ドウク・ラングルは《ヒュプファー》を、西に延びる深い峡谷にそって飛ばした。黒い異星船はこの夜もいつものように出現し、ナンシャン地域を捜索していった。真夜中の一時間半後、《ヒュプファー》が揚子江の南東岸に達したとき、一隻が編隊をはなれ、南東に向かった。その動きを探知機で観察していたラングルは、《ヒュプファー》をふたたび山のなかにもどし、待機した。

フルクース船が急速に接近してくる。目的地がイーシェンであることは、すぐに明らかになった。異星船はイーシェンのある谷間に着陸し、一時間後、ふたたび飛びたった。そのまま北西に向かう。ナンシャン地域を捜索している編隊までは、千キロ以上はなれていた。ラングルが観察していると、船は迷うことなく、前と同じコースを猛スピードで飛行した。イーシェンで傷ついた者たちを、一刻も早くナムツスに運ぼうというのだろう。

計略がうまくいったにもかかわらず、ワリクは気落ちしていた。生きのこった斥候は、なにがあったのかを報告するはず。黒い異人たちはテラナーがイーシェン付近にいると考え、おおがかりな捜索部隊を派遣するだろう。今回の宇宙船を相手にしたように、かんたんに身をかくせるとは思えない。

ラングルはワリクの状況判断を支持した。夜明けとともに、のこっていたフルクース船もナンシャン周辺の捜索を中止し、北東コースで帰還した。それから一時間たらずあと、《ヒュプファー》はかくれ場を出て、帰途についた。

*

「光に弱いというのはたしかなのか?」ジェント・カンタルがたずねた。「気圧や煙の影響では……」

「まちがいない」と、ワリク・カウク。「じっくりと考えてみた。興味深い傍証もある」

「聞こう!」

「黒い宇宙船内部のようすは、アラスカから聞いている。基本的に闇のなかだということだ。闇とは色彩の不在であり、光の欠如だ。フルクースの故郷惑星は、ほぼ光のない世界だと考えられる。地球の昼間程度の光ならともかく、それ以上になると耐えられないのだろう。ひと目見て気づいてもよかったくらいだ」

「なぜ？　どういうことだ？」カンタルが驚いてたずねる。

「フルクースの視覚器官はブルーだろう？」

「わたしの目だってそうだ」と、カンタル。

「それとは違う！　すくなくとも、きみのそのブルーの目で、フルクースの故郷世界の風景は見えないはずだ」

カンタルは不思議そうにワリクを見たが、それ以上、なにもいわなかった。

「視覚器官があれほど大きいのは、故郷世界が非常に暗いからだ」ワリクが説明する。

「そのため、ごく微量の光でも感知できるが、明るい惑星ではその視覚がかえってじゃまになる。もちろん、防護メカニズムはいくつかあるはず。そのひとつが、波長の短い、危険な光を反射する機能だ。波長が短い光はブルーに見えるから、その光を反射するフルクースの目は、われわれにはブルーに見える」

「わかりかけてきた」と、カンタル。

「発光カプセルがはなった光は、その防護メカニズムの負担の限度を越えていた。光の爆発、とくにその短波長部分が、フルクースの脳を焼き切ったのだろう。はなれて立っていた者たちは、そのぶん、被害が軽かった。ひとりの目を見たが、もうブルーに輝いてはおらず、黄色っぽく濁っていた」

ジェント・カンタルをはじめ、その場にいた人々は、ワリクの説明に興味をひかれたようだった。

「つまり、黒い異人に対する、あらたな武器が手にはいったということ！」ワリクの話が終わると、カンタルがいった。

「おもしろいな」ワリクはそういって苦笑した。「わたしが最初に考えたのもそれだった。いかにもこの状況にふさわしい……人類とは、そういう種族なのかもしれない。まず考えるのは武器のことだ」

ため息をついて立ちあがる。

「だが、黒い異人に対する武器は、もう必要ない。遅くとも一週間後には、われわれ、もうこの世界にはいないから！」

＊

ジェント・カンタルは短時日で多くの作業をこなしていた。なにがあっても持っていかなくてはならない物資は、〝小前庭〟で《ヒュプファー》への積みこみを待っている。

いちばん多いのはテラ・パトロールが地球脱出時に持ちだす装置類で、次がコルヴェットの修理に必要な機材だった。個人の手まわり品はごく少量だ。大カタストロフィ後の日々において、個人が所有物を蓄積する余裕はなかったから。

イーシェンに居をうつすためには、当然、《ヒュプファー》で数往復しなくてはならなかった。それにはかなりの危険をともなう。スタートするたびに、テラニア・シティのかくれ場が敵に発見される可能性があるから。イーシェン付近の山地を飛ぶときも、フルクースにテラ・パトロールの居場所をしめすヒントをあたえることになるだろう。敵がイーシェンの谷間をほんとうに無意味と考えたかどうかも、確実にはわからない。いちばん危険なのは、すべての旅程に参加することになるドウク・ラングルだった。

ジェント・カンタルはインペリウム＝アルファからのすみやかな脱出を指示し、全員が同意していた。コルヴェットの損傷の程度がわからないので、とにかく時間が惜しい。ドウク・ラングルは反重力ハチの巣シリンダーに二時間はいって、体力を回復した。ワリク・カウクとサンテ・カヌベはイーシェン遠征で体力を消耗していたが、休息の時間はなかった。

イーシェンにつけば、まず、コルヴェットを修理するための機材が必要になる。その積みこみはワリクが監督した。そのあいだにマルボオはほかの者たちといっしょに、脱出時に持ちだす荷物の優先順位を決定していった。《ヒュプファー》がインペリウム＝

アルファとイーシェンのあいだを何往復できるかは、だれにもわからなかった。とにかく、重要なものから運んでいくしかない。

そんなわけで、イーシェンからもどったワリクがようやくマルボオと再会できたのは、帰還から六時間もすぎてからだった。運びだす荷物の山のあいだの通廊で、ばったり出会ったのだ。

「あら、だれだったかしら?」マルボオがいった。

ワリクは妻を腕に抱いた。

「約束する。なにもかも、うまくいく」

「うまくいく? なにが?」

「ハネムーンさ。行き先が決まったら、なにもかも放りだして、四週間のハネムーンだ」

マルボオはワリクの腕を振りほどき、不信の目を向けた。

「氷惑星スクワルクウズルでね」と、皮肉っぽくいう。「ファフニルの雪巨人ランドの、ツイン・ベッドのある洞窟で、趣味の休暇ってところ?」

ワリクは腕をおろした。マルボオは冗談をいっただけだが、その表現は、大カタストロフィ後のこの時代に、ハネムーンのようなものがはいりこむ余地はないと語っていた。

「なにか考えるさ」ワリクはうなるようにいい、歩み去った。

*

最初の移送は《ヒュプファー》がイーシェンからもどった、その日のうちにおこなわれた。修理機材はなにごともなくコルヴェットに運ばれ、ワリク・カウクはその艦を《ボールドウィン・ティングマー》と命名した。《ヒュプファー》は地下格納庫ですごし、ドウク・ラングルは黒い異人の船がいつものようにナンシャン地域を捜索し、朝になるともどっていくのを観察した。状況に変化はなく、小陛下の活動もおちついていて、深刻な問題は生じなかった。

最初の二度の飛行で、修理機材とともに、サンテ・カヌベ、ヴレエニー・オルトルウン、サイルトリト・マルトリング、ビロル・ウーズネルがイーシェンに移動した。ジェント・カンタル、アラスカ・シェーデレーア、ワリク・カウク、ジャン・シュペイデック、マーラ・ボオテスは、当面、インペリウム＝アルファにとどまる。アウグストゥスはつねに研究者ドウク・ラングルと行動をともにすることになり、《ヒュプファー》の全飛行に同乗した。

翌日の最初の飛行で、アラスカ・シェーデレーアがイーシェンに移動した。宇宙航行技術に関する知識はアラスカがいちばん豊富だ。コルヴェットの損傷の程度を見積もり、修理作業を監督することが期待された。第一助手には技術関係の飲みこみが早いサンテ

・カヌベがついた。とはいえ、当面、アラスカとカヌベはべつべつの作業を担当しなくてはならない。マスクの男がコルヴェットの損傷を評価しているあいだに、カヌベは地下格納庫の各種機能を利用するためのマシンのあつかいをおぼえ、出入口のハッチを開けなくてはならなかったから。

その日、《ヒュプファー》は都合四回の飛行をこなした。最後に運んできたのは個人の荷物だった。先にきていた五人は、すでに地下格納庫におちついている。アラスカはコルヴェットの損傷を調べて、修理には四日から五日かかると判定した。

その夜、テラ・パトロールの面々の意気は軒昂だった。小陛下の息詰まるような放射から、逃れられる希望が出てきたのだ。

＊

この日、フルクース部隊を指揮する闇の使徒ザリオシュが、小陛下の面前に進みでた。小陛下は浮遊する透明な球体で、全能の具象クレルマクが好んでとる姿にくらべると、ややちいさい。だが、ザリオシュの目にうつる小陛下は、完璧に調和した肉体を持つ、宇宙航行種族フルクースの理想的な姿をしていた。

「〝力の完成〟は目前となった、ザリオシュ！」小陛下がいった。「次の放射の強化で、この惑星の知性体は、すべてわがしもべとなるはず」

　ザリオシュはどう答えればいいかを承知していた。

「あなたは全能のクレルマクが構想した、無謬《むびゅう》の計画執行者です」

だが、小陛下は賞讃の声が聞こえていないかのようだった。

「おまえは現状をどう考える？」と、質問。「力の掌握に、困難が生じると思うか？」

「お答えしにくい質問です」と、ザリオシュ。「ご存じのとおり、この世界には知性体の小グループがいて、小陛下とそのしもべを敵視しているようです。小陛下の力の完成を脅威とみなし、反抗しようとするかもしれません」

「どのようにして？」

「惑星から脱出しようとするでしょう。この小グループには、宇宙航行が可能と思われる船があります」

「居場所はわかっているのか？」

「疑わしい地域に捜索部隊を派遣しております。最初に得た手がかりは、欺瞞《ぎまん》であったと判明しました。こちらの注意をべつの場所にひきつけたということ。そのあと、確率計算により、真のかくれ場である可能性が高い場所を洗いだしております。かつてこの惑星の首都であった都市部などが考えられます」

「その者たちの逃亡を許してはならん」小陛下が命じた。

「そうかんたんな状況ではないのです、小陛下。最近、べつの場所で、気になる事態が生じました。一送信機が急に作動したのです。そこで偵察隊を送り、送信場所を調べさせました」

「その件なら承知している」と、小陛下。「送信機を発見し、調べようとしたところ、爆発したとか。残骸から、自動送信ステーションだったとわかったそうだが」

「そのとおりです。ただ、同じ文句をくりかえすだけの自動送信ステーションというのは、妙ではないでしょうか」

「そのステーション、同じ文句をくりかえしていたのか？」

「音声記録メディアを発見しました。爆発による損傷がはげしく、内容は再現できませんでしたが。ただ、傍受した言葉は、二度とも録音していました。この惑星の知性体が使う言語で、どちらも同じように聞こえますが、くわしく分析した結果、まったく同一ではなく、細かい違いがあるとわかりました」

「原住種族のかくれ場が二ヵ所にあるということか？」

「はい、陛下。旧首都にひとつ、送信機の近くにひとつ」

「どちらも監視するのだ」と、小陛下は指示した。「わが力の完成まで、原住種族がこの惑星から脱出しないように」

ザリオシュは一揖《いちゆう》した。

小陛下の力が完成すれば、原住種族が惑星を出ていきたいと考えることもなくなる。

7

《ボールドウィン・ティングマー》の修理作業は順調に進んだ。アラスカの要請で、テラニア・シティとのあいだの飛行は、しばらく中止することになった。作業のために人手が必要だったから。

ワリク・カウクによる命名は全員に承認された。ボールドウィン・ティングマーは役たたずの酔っぱらいだったと思っている者も多かったが、テラ・パトロールの創立メンバーのひとりであり、不気味な敵との戦いで命を落としたことは、だれも否定できなかった。大カタストロフィを生きのび、地球を脱出しようとする者たちが乗りこむコルヴェットは、大カタストロフィ後、テラ・パトロールではじめての死者の名前で呼ばれることになった。

四日めには修理作業も終わりに近づいた。ジェント・カンタルは最後にもう一度《ヒュプファー》をインペリウム＝アルファに送り、のこりの私物をとってこさせることにした。ワリク・カウクとマーラ・ボオテスとドウク・ラングルが乗りこんだ《ヒュプフファー》は、午後遅くにスタートした。夜のあいだに荷物を積みこみ、帰りは翌朝、フルクースの調査船がいなくなってからになる。

飛行中はなにごともなく、〝小前庭〟の格納庫のハッチを開いて、小型宇宙船の進入にそなえる。《ヒュプファー》はまぶしい非常灯に照らされた格納庫に滑りこんだ。ワリクはひろいスペースの奥の壁ぎわにならんだテーブルや椅子を見て、軽いホームシックをおぼえた。何度あそこで議論を重ねたことか！　重要な計画は、すべてあそこで生まれたのだ。

ラングルは《ヒュプファー》を以前と同じ位置に着陸させた。マルボオは荷物の列を眺め、クロノメーターに目を向けた。

「急げば二時間で積みこめるわ。そうすれば、フルクースがあらわれる前に帰れるんじゃない？」

「きょうじゅうに帰りたいのか？」ワリクが驚いてたずねる。

マルボオはうなずいた。

「どうして？」

「できることはなんでもして、早く出発したいの。考えすぎると、出発のとき泣きそうだから」

ワリクは微笑した。

「危険の大きさを考えると、今夜はここですごして、朝になってから帰ったほうがいい。わたしもきみと同じ気分だが、故郷をはなれる悲しみには、毅然として耐えなくては」

「どっちのほうが大声で泣くか、見てみたいわね」マルボオがいった。

*

ザリオシュの部隊が進めた計画は、しばらくして実を結んだ。

ザリオシュはさまざまな観察結果から、敵が高度な探知機を使っていると推測した。かくれ場に接近するには、細心の注意が必要ということ。また、べつの角度からの推測で、敵はすでに脱出の準備を終えており、脅威を感じたらすぐにスタートすると考えられた。

だが、脱出は阻止しなくてはならない。それが小陛下の命令だから。

ザリオシュはふたつの部隊を送りだした。第一部隊はこの世界の旧首都に、第二部隊は送信ステーションがあった地域に。人数は第二部隊が第一部隊の倍だ。破壊された送信機の周辺ではかくれ場を探さなくてはならないが、旧首都のかくれ場は、すでに発見したも同然だった。

両部隊は毎日つづけている捜索のための宇宙船に乗りこませ、途中からグライダーで目的地に向かわせた。重火器の装備もあり、ザリオシュは敵の脱出計画を阻止できると確信していた。

唯一の難点は、この惑星の知性体の数があまりにもすくないため、ひとりも殺してはならないと小陛下に命じられていることだった。ザリオシュは経験豊富な戦士である。この種の制約が、部下の行動の自由を奪うことはわかっていた。小陛下の命令にしたがうには、異人を傷つけずに、戦闘に勝利しなくてはならなかった。

＊

その夜、アラスカ・シェーデレーアは《ボールドウィン・ティングマー》の司令スタンドで、宇宙船の各種機能の状況をしめす計器の表示をチェックしていた。

小型艦はすでに宇宙航行ができる状態にあった。主要な機能は問題ない。だが、補助的メカニズムのチェックがまだ終わっていなかった。火器管制や、艦載ポジトロニクスが故障したとき介入する、補助ポジトロニクスなどだ。アラスカはしばらく、いまのこの状態で宇宙にスタートできるだろうかと考えた。危険が間近に迫った場合、そうするしかないと結論。

操縦コンソールの右上に、オレンジ色のおおきなスイッチがあった。標準的なコルヴェットには装備されていないものだ。マスクの男は考えこみ、ふと、コード発信器ではないかと思いついた。周囲の部屋のどこかに設置されたコンヴァーターが反応して、スタート用ハッチが開くのだろう。

アラスカはゆっくりと慎重に、右手の指先をスイッチにかけ、押しこんだ。かちっと音がして、スイッチの色がグリーンに変わる。接続が確立された。コンヴァーターがモーターに連動していれば、これで発進シャフトが開いたはず。ただし、いまはまだ連動は切ってあった。だれかがうっかりオレンジ色のスイッチに触れ、格納庫がある山の頂上付近に、遠くからでも目だつ大穴が口を開いたりしては、危険がおおきすぎる。連動させるのは《ヒュプファー》がもどってからだ。そのころには、司令スタンドにはいれるのは、アラスカかカンタルのどちらかだけになっているはず。

マスクの男はスイッチをもとの状態にもどそうとした。だが、まだ手を触れないうちに、スイッチのランプの色が変化した。グリーンだった光が、赤に変わる。アラスカは一秒ほどその光を見つめ、何度かスイッチを押してみた。

赤い光は消えない。

アラスカはラダカムを作動させた。サンテ・カヌベを呼びだす。応答したのはボクサーのジャン・シュペイデックだった。アフロテラナーといっしょに、周辺機器の調査をしているはず。

「いまどこだ?」アラスカはたずねた。

「司令室です」

「ちょうどいい。サンテはそばにいるか？」

「さっきから駆けまわっていますよ。なにかに興奮したらしくて」

「呼んでくるんだ！」

ラダカムごしに、シュペイデックが大声で名前を呼ぶのがはっきりと聞こえた。すぐにサンテ・カヌベの顔があらわれた。息を切らしている。

「異常が生じました」

「どうしたのだ？」と、アラスカ。

「一部のコントロールがききません」

「どのあたりだ？」

「開扉メカニズム関係がいくつかと、あとはまだ不明です」

「シャフトの開扉にかかわる部分もか？」

「ええ、それもです。ランプが点滅して、消えてしまったのもあります。どこが悪いのかわかりません」

次の質問をしようとしたアラスカは、くぐもった叫び声を耳にした。

「どうした？」

「いきなり……なにもかも……正常にもどりました」と、カヌベ。「すべて異常ありません。いったいどうなってるんだ？」

アラスカは操縦コンソール上のスイッチを見た。ランプはグリーンになっていた。

「そこにいてくれ」と、アフロテラナーにいう。「再現するかどうか調べたい。わたしは司令スタンドにいる。わかったか？」

「わかりました」と、カヌベ。

アラスカはひと晩じゅう司令スタンドに陣どり、オレンジ色に光るスイッチを何度も操作して、ランプがグリーンに変わるのをたしかめた。夜明け近く、ふたたびサンテ・カヌベと話をして、格納庫内の司令室でも問題が起きていないことを確認。

結果として、前夜の出来ごとは原因不明の動作不良で、自然に直ったようだと結論する。

それは深刻な間違いだった。

＊

《ヒュプファー》にテラ・パトロールの私物を積みこんだ三人は、休息にはいった。ドウク・ラングルはいつものように船内にのこり、ワリクとマルボオは、ワリクが未来の妻にプロポーズした、かれの私室に向かった。あれから無限の時がすぎたように思えるが、ほんの数日前のことだ！

ワリクは不安でよく眠れず、午前五時には起きだした。マルボオはまだ眠っている。

ワリクは最後にもう一度、この施設のなかを歩いてみたいと思った。この先どうなるかはわからない。二度とここにもどることはないかもしれなかった。

格納庫をななめに横切り、緩やかな傾斜で〝地下室〟に向かう通廊にはいる。二時間ほど歩きながら考えたことは、だれにも話さなかった。それは慣れ親しんだ通廊や部屋への、またたぶん地球そのものへの、別れの挨拶だった。大カタストロフィ以来、自分の〝故郷〟と思える場所は、ここしかなかったのだ。

〝地下室〟から〝小前庭〟へとあがる通廊の入口に立ったときも、もの思いはまだつづいていた。目を落としたまま、数歩進んで《ヒュプファー》に近づく。ラングルはもう起きただろうかと思ったのだ。だが、突然、なにかがおかしいと感じる。

足を止め、目を凝らした。格納庫の扉が開いており、そこから朝の冷気が流れこんでいた。ラングルがなにもいわずに《ヒュプファー》を飛ばそうとしたのだろうか？　小型宇宙船を調べたが、透明なガラスごしに見る船内に、動きは見られなかった。

ワリクは不気味な脅威をおぼえた。まるで千里眼のように、致命的な危険が間近に迫っているのが感じられた。

「マルボオ！」

ワリクは駆けだした。四歩か五歩すすんだとき、扉の外にいきなり動きがあった。はっとして見ると、上空から黒い人影が次々と降下してきていた。フルクースの吠えるような言葉が、格納庫の静寂を破る。ハッチからはさらにフルクースがあふれだし、地上に整列していた。なにかの装置を持っている。ふたつの箱型容器を、慎重に運んでいるようだ。

ワリクは壁の窪みに身をひそめた。すばやく頭を働かせる。目ざめたマルボオが部屋から出てきたら、まっすぐにフルクースの腕のなかにとびこむことになる。すべてはラングルがもう目ざめているか、まだ反重力ハチの巣シリンダーのなかにいるかにかかっていた。《ヒュプファー》の破壊投射機があれば、敵を追いはらえる。ほかに可能性はなかった。

いや、そうだろうか……?

ワリクは《ヒュプファー》のそばの機材に目を止めた。ラングルの操船を支援するため、ジェント・カンタルが格納庫の前方、扉の向こうの壁ぎわに運ばせた、投光器だ。炭素フィラメントを使う旧式のものだが、機能は問題なかった。フィラメントも切れておらず、いつでも放電できる。光は強烈な青白色光で、フルクースの繊細な視覚器官を攻撃するにはちょうどよかった。投光器は格納庫の扉のほうを向いている。ラングルが暗くなってから《ヒュプファー》を格納庫にいれるとき、目印にするためのものだ。

問題は、黒い異人に気づかれないよう、どうやって投光器に近づくかだった。距離は八十メートルあまりで、その半分以上は、身をかくすものがなにもなかった。

考えあぐねているところに、救いの手がさしのべられた。ただ、それはあまり望ましい救いの手ではなかった。格納庫の奥のドアから、マルボオが姿をあらわしたのだ！

ワリクは硬直した。声をあげて警告しようとしたが、それではマルボオも自分も発見されてしまう。マルボオはホールにはいってきて、すぐに黒い異人に気づいた。ワリクはその冷静さに感銘をうけた。マルボオはそのまま踵《きびす》を返し、はいってきたドアから出ていこうとした。忘れ物に気づいてひきかえすかのように。

だが、遠くには逃げられない。黒い異人たちはすでに態勢をととのえ、マルボオに気づいた者たちは、彼女を追いかけはじめた。マルボオは駆けだした。追っ手のひとりが足を止め、幅広のベルトにさげた武器を手にとった。短い発射音が響き、マルボオは鋭い悲鳴をあげてくずおれた。

ワリクはその前にわれに返り、マルボオが倒れたときには、気づかれないように投光器にたどりつくことしか考えていなかった。黒い異人の武器はテラの武器とは異なるだろうが、短い発射音と、マルボオが倒れたときのようすから、ショック・ブラスターの一種だと思えた。マルボオは気絶しただけで、死んではいない。投光器のところまで行ければ、助けられるはずだ。

＊

その朝の七時すこし前、イーシェンの地下格納庫でも、べつの事件が起きていた。アラスカはようやく就寝したところで、サンテ・カヌベも眠っている。

ジェント・カンタルは司令スタンドで見はりに立っていた。明るく照明された巨大ホールをうつすスクリーンにときどき目を向けながら、アラスカが夜のあいだに書いた、作業の進捗状況の報告書に目を通す。

突然、光が揺らぎ、カンタルは顔をあげた。すぐにはなにが起きたのかわからない。スクリーンに目を向けると、太陽灯はやはり格納庫内を明るく照らしている。ただ、六基のうち三基の照明が消えていた！

カンタルは警報を発した。アラスカとサンテがとびおきる。アフロテラナーは最短距離で司令スタンドに急いだ。途中、太陽灯三基のエネルギー供給が切れていることに気づく。理由はひとつしか考えられなかった。

「エネルギー源が徐々に消耗しているようだ」マスクの男がいった。「ここ数日、ずいぶん酷使したからな」

その説明には説得力があり、サンテは司令室での出来ごとを思いだして、カンタルにそのことを話した。サンテもやはり、照明が消えたのはエネルギー発生装置の故障と考えている。カンタルだけは最後まで懐疑的だった。

「どうも気にいらない。コルヴェットはもう飛べるのでしょう？」

それはアラスカに直接向けた質問だった。マスクの男はうなずいた。

「とりあえずは。補助メカニズムの確認は、まだできていないが」

「これ以上故障が起きないといいのですが」と、カンタル。「とにかく、いつでもスタートできるようにしておくべきです。コンヴァーターとモーターを連動させて、ここからシャフトの扉を開閉できるようにしましょう」

問いかけるようにアラスカを見つめる。マスクの男は譲歩した。

「リーダーはきみだ。きみが決定すればいい」

サンテはため息をついた。

「わたしはまた司令室に行く必要があるわけか」

「そういうことだ」と、カンタル。「また、眠ってしまわないうちに、すぐに行くんだ！」

七時半ごろ、《ヒュプファー》から連絡がはいった。ワリクの声は興奮していた。

「黒い異人がインペリウム＝アルファを襲ってきた！　どうやってはいってきたのかは不明。われわれは脱出し、撤退中だ。そちらも充分に注意してもらいたい！」

カンタルは、慎重な態度がむだではなかったと思った。

＊

ワリクは駆けだした。フルクースたちの注意はマルボオに向いている。三分の二まできたところで、敵がかれに気づいた。ショック・ブラスターが発射され、ワリクは肩に衝撃を感じた。ビームがかすったようだ。

必死の跳躍で、投光器の頑丈な基部の陰に飛びこむ。一瞬、敵の銃撃が静まった。ワリクの姿を見失ったらしい。ワリクは懸命に制御盤を操作した。投光器は長らく使用されていない。電源供給かフィラメントが切れていたら、万事休すだ。

急いで肩ごしに振り返る。《ヒュプファー》の内部に動きが見えた。ドウク・ラングルの姿がある。状況は完全に絶望的というわけではないということ。ただ、研究者が独断で行動する危険はあった。マルボオがつかまっていることを知らずに、破壊投射機を使用するかもしれない。

ワリクは投光器を点灯した。放電がはじまり、まぶしい青白色光のビームが格納庫内を切り裂く。真正面に扉があり、黒い異人の戦力はその周囲にかたまっていた。ワリクは重い投光器をかかえるようにして角度を調整し、光が侵入者に直接あたるようにした。はげしい悲鳴があがった。フルクース数人がその場に倒れ、ほかの者たちもよろめいて、なにもできない。ワリクは投光器をできるかぎり動かし、格納庫の奥の壁を光で掃射した。黒い異人たちへの影響はすさまじかった。動ける者たちは無秩序に四散して逃げまどい、跳びはねる。だが、宇宙船から地上に降りてきたときの無重力フィールドは、すでになくなっていた。外には後衛の部隊もいるが、格納庫内の事態にすばやく対応することはできない。

《ヒュプファー》が動きだした。それはでたらめに逃げまどう黒い異人たちの、あとを追うような動きに見えた。ラングルは投光器の光をさえぎらないようにしていた。小型船を右のほうに動かし、黒い異人たちを、最初にいた場所に追いもどそうとしている。フルクースがおり重なって倒れている場所だ。と、人影のひとつが起きあがった。白っぽい服を身につけ、赤みがかったブロンドの髪が肩まで垂れている。マルボオ！　どうやら衝撃から立ちなおったらしい。

ワリクは投光器を点灯したままにして、その場をはなれた。格納庫をななめに突っ切り、《ヒュプファー》に向かう。黒い異人たちは、ワリクどころではなかった。自分たちの安全を確保するだけで精いっぱいだ。扉を通れないとわかると、殺人的な明るさから逃れられる場所を探して、そこらじゅうに散開した。多くはよろめきながら、手探りで方角を見定めようとする。まぶしさに目がくらんでいるのだ。

《ヒュプファー》のハッチが開いていた。ラングルはシート・バーにまたがって、いつでもスタートできる態勢だった。マルボオは壁の窪みにうずくまっていた。ショック・ブラスターの影響が、まだ完全には消えていないらしい。

「こっちだ！」ワリクの声に応じて、マルボオがハッチに跳びこむ。

ラングルが一感覚器官を動かし、格納庫の扉をしめした。ワリクはその合図を目で追った。開いた扉の向こうに、黒い円盤型の乗り物が浮かんでいる。フルクースの後衛部隊が、格納庫内の仲間を救援する必要があると気づいたようだ。

《ヒュプファー》が急に方向を変え、破壊投射機を発射した。輝く球体が敵の円盤艇をつつみ、大爆発をひきおこした。壁が無数の破片に粉砕され、崩れ落ちてくる。そのため、出口がなくなってしまったが、ラングルはそのリスクも織りこみずみだった。さらに二度、破壊投射機を発射。格納庫の天井に大穴が口を開いた。

投光器は最初の爆発で消えてしまっていた。格納庫内に白熱した煙がたちこめる。ひと筋の曙光が天井の穴から、煙のあいだに射しこんできた。《ヒュプファー》が急上昇する。天井の穴からもブルーグレイの煙が流れだし、あたり一面をおおっていた。フルクースの円盤艇がほかにも三機、地上近くに浮遊しているのが見えた。敵はどうすればいいのかわからないようだ。最初は《ヒュプファー》にかまうどころではなく、ようやく追跡を開始したときには、小型宇宙船はすでに速度をあげ、追いつくのは不可能になっていた。もう武器さえとどかない。

テラニア・シティをはなれると、ワリク・カウクはイーシェンの地下格納庫に警告の連絡をいれた。

＊

ザリオシュの懸念は現実のものとなった。人数も武装も優位にたっているのに、異人を傷つけることを禁じられたため、対抗できなかったのだ。惑星の旧首都での出来ごとは、ザリオシュの地位の弱体化を意味した。異人をつかまえられなかったばかりか、円盤艇一機と、五十人の部下を失ったのだ。

副官の報告では、旧首都の地下施設には、もう異人はいないとのこと。ザリオシュは第二の目的に注意をうつした。べつの部隊が成果をあげていたのだ。異人の第二のグループがかくれている、地下施設を発見したのである。すでに気づかれることなく施設内に侵入し、命令を待っている。

ザリオシュはこう命じた。

「異人をただちに行動不能にし、捕獲せよ。小陛下の命により、この作戦中、異人に深刻な障害を負わせてはならない」

こうして《ボールドウィン・ティングマー》に対する攻撃がはじまった。

＊

事態は急展開した。

のこりの太陽灯が、いきなりすべて消えた。地下格納庫は真っ暗になった。ジェント・カンタルは警報を鳴らし、同時にエンジンを作動させた。《ボールドウィン・ティングマー》の外部投光器が点灯し、地下格納庫内にまばゆい光条をはなつ。ホールには二十機ほどの敵機が侵入していた。ボウル型で、乗員は十五名くらいだろう。コルヴェットをとりかこむようにして接近してくる。カンタルは《ヒュプファー》を呼びだし、状況を伝えて、警告した。

「イーシェンには近づくな！　戦闘中だ！」

フルクースのボウル艇が攻撃位置についた。エネルギー・ビームが《ボールドウィン・ティングマー》の外殻を舐《な》める。艦内ではカンタルが司令スタンドにつき、アラスカ・シェーデレーアが火器管制を担当、サンテ・カヌベが副操縦士席についた。

カンタルは艦をスタートさせた。

歌うようなエンジン音を響かせ、コルヴェットが離昇。包囲する敵船の環に接近する。

敵がいっせいに砲撃を開始した。《ボールドウィン・ティングマー》は防護バリアをはっていない。バリアをはったら、エネルギー・ステーションが過負荷になっていただろう。カンタルはそのリスクを冒したくなかった。敵のビームは、いまのところテルコニット鋼の外殻が防いでいるが、長時間つづくようだと、深刻なダメージを負うだろう。

敵を近づけないためには、なにか手を打つ必要があった。

「火器はどうしました？　なぜ撃たないんです？」と、カンタル。

「その必要はない」アラスカはおちついて答えた。

「シャフトを開いて脱出すれば、追ってこられないから」

「痛い目を見せてやらないので？」

「なんのために？　向こうには、われわれを殺す気はない。その気ならこの格納庫を破壊して、生き埋めにしていたはず」

「だったら、敵の狙いはなんです？」カンタルは驚いてたずねた。

「小陛下には臣民が必要なのだろう。だから、われわれがいなくなるのを恐れて、脱出を阻止しようとしている」

カンタルは答えなかった。オレンジ色のスイッチを押し、色がグリーンに変わったのを確認。シャフトが開いたのだ。《ボールドウィン・ティングマー》は上昇を開始した。フルクースはこの展開を予期していなかったようだ。砲撃がとまる。

数秒後、コルヴェットはシャフトにはいり、雲におおわれた空をめざした。サンテ・カヌベは探知機の表示を見つめている。やがてほっとした声で、

「探知結果はネガティヴ！　大型艦船のかげはない」と、報告。

カンタルも大きく息をついた。大型のフルクース艦の群れが、イーシェン上空で《ボールドウィン・ティングマー》を待ちうけているのではないかと恐れていたのだ。たぶ

んアラスカの推測どおり、黒い異人たちには、かれらを傷つける気はないのだろう。とはいえ、敵艦がすでにスタートしていて、いまにも雲のなかから出現する可能性もある。ジェントには、どちらが正しいか賭けてみるつもりはなかった。かろうじて宇宙航行が可能という状態なのだ。すみやかに脱出するにこしたことはない。

カンタルは《ヒュプファー》に呼びかけた。イーシェンの南、八十キロメートルあたりにいるとのこと。

「すみやかに地球をはなれる」カンタルはいった。

「了解」と、ワリク・カウク。「ドウクによると、すくなくとも三、四光年ははなれたほうがいいということだ。邂逅ポジションの座標は?」

カンタルはマスクの男を見た。アラスカがうなずく。

「決めてある」カンタルが答えた。「そちらに送信する」

送信は数秒で終わった。《ヒュプファー》ではその座標が、テルムの女帝の研究者が使う座標システムに変換される。

直後に二隻は地球をあとにして、宇宙空間に進出。十分間ほど加速して、リニア空間にもぐりこんだ。

8

《ヒュプファー》が邂逅ポジション付近に再実体化し、減速コースを航行しはじめたとき、《ボールドウィン・ティングマー》のシュプールはまだなかった。ドウク・ラングルは座標を確認し、まちがいなくここが邂逅ポジションだと保証した。それでもワリクはさまざまな可能性を考慮し、なにか間違いがあったのではないかと考えつづけた。おもな不安は、《ボールドウィン・ティングマー》自体に関するものだった。整備のいきとどいた宇宙船ではないのだ。もしもリニア飛行中にエンジンが故障したら、どうなる？

ラングルはもっとわかりやすい調査にとりくんだ。周囲の恒星のスペクトルを観測し、女帝の研究員が〝たぶん惑星あり〟と分類する恒星を発見。それはテラナーの宙航士が数世紀前から知っている星系だった。

マルボオはもう回復していて、ラングルの観測を手伝っている。

「ワリク？」と、彼女が声をかけた。

「なんだい？」

「目的の恒星が見つかって、《ボールドウィン・ティングマー》と合流できたら、すぐにスタートするの？」

「それがいちばんだろう。時間をむだにはできない。どうして？」

「まだ、仲間がひとりのこっているわ」

ワリクはマルボオのそばで、床にしゃがみこんだ。妻を見て、うなずく。

「そのことはずっと考えていた。でも、わたしの知るかぎり、悩みもなく、うまくやっているはずだ。望むものを手にいれたんだから。一方、いっしょに連れていこうとすれば、大きな危険を冒すことになる。たとえ会えても、笑いとばされて、ほうっておいてくれといわれたらどうする？」

マルボオは身を乗りだし、ワリクの顔を見つめた。

「本気なの？」

ワリクはいきなり笑いだした。

「あまり説得力がなかったかな」

「ええ、ぜんぜん。あの子をゴシュモス・キャッスルにのこしてきてから、ずいぶんになるわ。ナムソスの脳廃棄物のせいでおかしくなっていたのは、みんなが知っていることよ。でも、脳廃棄物の影響はもう弱まったか、消えてしまったかもしれない。だとしたら、炎の飛行士たちにかこまれて、どう感じているかしら？」

ワリクは妻の腕に手をかけた。

「そのとおりだ。ブラフをなんとかしなくてはな」

そのときドウク・ラングルが鋭い声をあげた。なにか発見したという意味だ。

「なにか見つかったのか？」ワリクがたずねた。

「テラナーの分類でいう、G2型恒星だ。あまり大きくなく、黄白色。現在の航路上にあって、距離はわずか十四光年だ」

「このあたりにあるのはそれだけか？」

「二十五光年以内では、これだけだ」

数分後、探知機に反応があった。《ボールドウィン・ティングマー》がリニア空間から出現したのだ。待機していた《ヒュプファー》を認識し、コースを微調整して、減速。地球を出てからの経験をラダカムで交換しあう。そのあとはドウク・ラングルの番だった。

「近傍にある、可能性のありそうな星系はひとつだけだ」

そういって、探知結果を伝える。ジェント・カンタルの決断は早かった。

「だったら、なにをぐずぐずしている？　まっすぐそこに向かうんだ！　黒い異人が迫っているかもしれない」

「それはすぐにわかることだ」と、ワリク。

カンタルはしばらく無言だったが、やがて驚いたようにたずねた。

「どういう意味だ?」

「テラ・パトロールは、全員そろって撤退する」

「ゴシュモス・キャッスルからブラフ・ポラードを連れてくるというのか?」

「そのとおりだ。ドウクも賛成してくれるはず」

カンタルはまた、数秒間黙りこんだ。やがて悲喜こもごもの口調で、

「危険な行動だといって議論しても、むだなんだろうな」

「そのとおりだ」

「マルボオがなにもいわないようだが、きみの狂気じみた計画に荷担したくないのではないか?」

「わたしがこの人を説得したのよ!」マルボオが大声で叫ぶ。

「わかった。わたしの負けだ」カンタルが答えた。「《ボールドウィン・ティングマー》はここで二十時間待機する。それまでにもどらなかったら……きみたちを置いて、スタートする!」

＊

崇高なるブラフ・ポ・ラは何時間も、何日間も、居室の奥に引きこもり、暗いもの思いにふけることが多くなっていた。そんなことができるのは、イティ・イティ族の岩城でおだやかな日常生活が営まれていたからだ。絶え間ない抗争の日々は終わり、イティ・イティ族は周辺で最強の部族になっていた。もう戦いをしかけてくる者はいない。

それは最長老ミッィノの手柄でもあった。数名の供を連れてあたりの部族を訪れ、イティ・イティ族の岩城に住む神の力を説いてまわったのだ。証拠として、ミッィノは話の最後にブラフ・ポ・ラからもらった武器をとりだし、灼熱のビームで聴衆のひとりを射殺した。

イティ・イティ族の名声が高まるにつれ、ブラフ・ポ・ラの意気は衰えていった。それまでムシーラーの神としての使命を熱心にはたし、原始的な生活をしている人々に、自分の知識で手を貸してきたのだ。テラナーの技術やマシンは危険で破壊的なものとして排除し、炎の飛行士の原始的な文化、技術によらない文明のほうが、すばらしいものだと賞讃してきた。

だが、そのうちに、ほんとうにそうなのかという疑念が募ってきた。

意外にも、マーラ・ボオテスのいったことが正しく思えてきたのだ。ムシーラーのもとにとどまってその神を演じるというブラフの決意は、病んだ心の産物だという意見が。心が病んだのはナムソスの脳廃棄物に触れたせいだという。だが、その汚染の影響は徐々に消え、心の病は治癒していった。ブラフ・ポラードはふたたび正常に思考できるようになっていったのだ。

この数週間にしてきたことが、突然、ばかばかしく思えた。ワリクとアウグストゥスと研究者だけを《ヒュプファー》で地球に帰すと決断した根拠は、いったいなんだったのか？

きょう、ついにブラフは決意した。できるだけ早く地球にもどろう。今後はテラ・パトロールに復帰することだけを考える。救援をもとめ、ゴシュモス・キャッスルから連れだしてもらうのだ。

むずかしいことだというのはわかっていた。この惑星には、機能するテレカムは存在しない。だが、プローンの裏切りの女王の城跡や、峡谷の集積ステーションの跡を漁《あさ》れば、通信機があるかもしれない。せめて必要な部品だけでも集められれば。

もうひとつの問題点も見すごすことはできなかった。イティ・イティ族はブラフを神として崇《あが》めている。だが、だからといって、地球に帰りたいという望みをすんなりうけいれるはずはなかった。ムシーラーはテラナーを神とみなし、それが善神だと思えばいうことを聞くが、悪神だと思ったら反抗する。ワリク・カウクなら、身にしみてわかっているだろう。地球に帰りたいといったら、最長老ミツィノはただちに、ブラフを悪神と認定するにちがいない。

この状況を考えると、最長老がブラスターを持っているのは不都合だった。ミツィノは神がほんとうにイティ・イティ族の岩城に住んでいると証明するため、ブラスターを必要としている。当時はそのとおりだと考えて、ブラスターをわたしたのだ。そのことがあだになりそうだった。武器がないとなると、細心の注意をはらって行動しなくてはならない。地球に帰りたいと思っていることは、だれにも知られるわけにはいかなかった。

＊

最長老ミツィノは会議の場所として、長老の間ではなく、人どおりの多い通廊からはなれた部屋を指定した。重要な機密事項をあつかう予定だったから。長老のあいだの話を、資格のない者に聞かれる危険を排除したのだ。

「イティ・イティ族はこのあたりで最強の部族になった！」と、口火を切る。

「そのとおりだ」長老たちは口々に賛同した。

「そうなったのは、神がこの岩城に住んでいると宣告したからだ」

「そのとおりだ」ふたたび賛同の声があがったが、さっきほど力強くはない。

ミツィノは不同意の者が数人いると感じ、しばらく黙りこんだ。すかさずひとりが発言する。

「神そのものの力ではなく、神の存在を宣告したからだというのですか？」

「おまえはいつもいちばん賢明だ、イッィナク」ミッィノは質問者を讃えた。「今回も、わたしのいいたいことをすぐに見ぬいた。最近の神を見たか？　その目をのぞいて見たことがあるか？　あるならば、数週間前、神としてわれわれのもとにとどまるといったときと、同じ目をしていると思うか？」

　答えたのはまたしてもイッィナクだった。

「たしかに、神は変わりました。以前はあの、遠くを見る神の目つきをしていました。最近は、近くのものしか見ていないようです。われわれと違うようには思えません。神々しさが失われてしまったかのようです」

　ミッィノはよろこんだ。まるで打合わせでもしたかのようだ。自分でも、これ以上明快に話すことはできないだろう。ほかの長老たちも同感らしく、低い声でささやきあっている。

「イッィナクのいうとおりだ。神は崇高さを失い、一異人になってしまった。ここを去ろうとさえ考えているかもしれない」

「では、追放しましょう」べつの長老が提案した。

「おまえは指先より先にあるものが見えていない！」と、ミッィノ。「どこに追放するのだ？」

「砂漠に」

「そして、そこで出会った者にどんな話をすると思う? 自分はかつてイティ・イティ族の神だったというだろう。イティ・イティ族がいやになり、見捨てたと。だが、イティ・イティ族に力をあたえているものはなにか?」

「神がこの岩城に住んでいると宣告したことです」イッィナクがミッィノの言葉を使って答えた。

それで全員が理解した。神でなくなった神を、イティ・イティ族の岩城から出すことはできない。神がイティ・イティ族とともにあるという信仰は、守らなくてはならない。

「その信仰をどうすれば守れる?」ミッィノが高揚した口調でたずねた。

だれも答えない。答えはわかっているが、恐ろしくて口にできないのだ。

「臆病者ども!」最長老は全員を叱責した。「どうすれば信仰を守れるか、教えてやろう。あの異人を殺すのだ!」

＊

心を決めたブラフ・ポラードは、すぐに行動にうつった。最初の晩から……思ったとおり気づかれることなく……神にあたえられたひろい部屋を忍びでて、曲がりくねった通廊を歩き、岩城のしたまで足を伸ばした。もうずっと戦いがないので、出口には見はりも置かれていない。ブラフは夜の砂漠に歩みでた。頭ほどの高さの岩陰に身をひそめながら進み、ときどき方角をたしかめる。

南西の空にかかる、イティ・イティ族の岩城と同じ高さの明るい星が、地球である。ゴシュモス・キャッスルでは全天でいちばん明るい星が地球だった。ブラフはしばらく故郷世界を見つめつづけた。そのあと、北に向かって歩きだす。天の北極近くに輝くオレンジ色の明るい星が目印になった。ジェンセンズ・キャンプからノームまで歩いたとき、ワリク・カウクはあの星をオレンジ81と名づけ、目印にしたものだった。

プローンの裏切りの女王の城は、ほぼ真北の方角だ。ブラフは砂漠の起伏にいくつか目星をつけると、歩きだした。

やがて距離を過小評価していたのがわかった。城の廃墟をうろついて、夜明けまでにはイティ・イティ族の岩城にもどるつもりだったのだが、それはとても不可能だとわかった。城跡につくまでに夜が明けてしまうだろう。姿を消したことは、すぐに露見してしまう。ミツィノはためらいなく、ブラフ・ポ・ラを悪神と断定するだろう……そうなったら、姿を見られるわけにはいかない。

そう考えても、とくに気落ちすることはなかった。自然と暮らすすべはムシーラーから学んでいた。砂漠には小動物も多く、飢えは満たせる。プローンの女王ゼウスの岩山の麓にはいくつか水場があり、その場所もわかっていた。飢えも渇きも心配ないということ。慎重に行動すればいいだけだ。ミッィノがブラフの不在に気づいたら、すぐにかれを悪神だと宣告するだろう。狩りだそうとするかもしれない。ブラフ・ポ・ラが付近のべつの部族のところに行き、そこの世話になるということは、認められないから。

ブラフが予想したとおり、岩山の麓についたときには、赤い恒星メダイロンはすでに地平線からすっかり顔を出していた。切りたった崖にそって西に進み、登り口になっている亀裂に到達。亀裂にはいると、奥に低い灌木の群生が見えた。灌木のあいだの砂地に手で穴を掘り、数分後にはそこに水が溜まった。渇きがおさまるまで水を飲むと、亀裂をさらに奥へと進む。そこは岩屑の堆積した、急傾斜のガレ場だった。その先は岩棚になっていて、巨大な岩山のたいらな頂上に出ることができる。ブラフはその道をつきすすんだ。数時間の苦労の末、目的地に到着。このテーブル状の岩山の上に、かつてプローンの女王の城が建っていたのだ。

その日は一日、恒星のしたですごした。熱中するあまり、空腹も渇きも感じなかった。ようやく陽がかたむきかけたころ、衣服でおおわれていなかった部分の皮膚がロブスターのようにまっ赤になっていることに気づいた。ひどい陽焼けだ。なにか発見するつもりなら、今後は気をつけなくては。

その日の成果はないに等しかった。腐食した金属片はいくつか見つかったが、なにかの役にたつかどうか。それでもいちおう、岩山の南端のかくれ場に持ち帰った。見つけたものはそこに貯めておくつもりだった。

亀裂に向かいはじめたときには空腹で、喉が渇いていた。西の山の端に恒星が沈むころ、からだは熱いのに、がたがた震えはじめた。発熱しているのだ。翌日は休息することにした。亀裂のなかには水もあるし、食糧も手にはいるだろう。

だが、そういうわけにはいかなかった。亀裂の奥のガレ場の上にもどるころには、あたりは暗くなっていた。ガレ場に足を踏みだすと、岩のかけらが斜面を転がり落ちた。ブラフは思わず足を止めた。したから怒ったような叫び声が聞こえたのだ。ムシーラーの甲高い声だった。

ブラフはただちに踵を返した。ミツィノがシュプールを発見したのだ。

＊

真夜中のかなり前に、ミツィノは長老たちを招集し、告げた。

「かつて神だった異人が、岩城から脱出した」と。

いつものように、今度もイツィナクがすぐに反応した。

「逃がすわけにはいきません」

「戦士たちを起こせ！」最長老は指示した。「松明《たいまつ》を用意させろ。異人のシュプールを探さなくてはならない。合図を送るための鏡も忘れるな。イツィナクはのこって、城の面倒を見るように。わたしは捜索にくわわり、異人のかくれ場を探しだす。充分な戦力を用意し、わたしが合図したら、戦士たちが突撃して、異人を殺すのだ！」

それ以上の言葉は不要だった。半時間のうちに十二人の戦士が集合し、燃える松明を手に、ミッィノとともにシュプールの捜索にくわわった。三人は信号を送るための、磨きあげたおおきな鏡を背負っている。ミッィノは岩城の胸壁の上に立った。最長老を先頭に、全員が翼をひろげて飛びたち、城の基部に着陸した。十分もしないうちに、砂漠の砂の上に異人のシュプールを発見した。

追跡は夜通しつづいた。疲労は追っ手のほうが大きかった。これだけの距離だと、徒歩ではなく、飛んで移動するのに慣れていたから。そのため、ブラフ・ポ・ラが姿を消した岩山の亀裂に到着したときは、もう午後になっていた。地面の水分が大きな植物を育てている場所で、とにかく休息する。砂を掘って水を飲み、そのとき、異人が水を飲んだ痕跡も発見した。

ミッィノはブラフ・ポ・ラが岩山に登ったものと考えた。かつて神の城があった場所だ。マシンの残骸を探しているのだろう……そうでないと、まず城跡を訪れたことの説明がつかない。異人が岩山に登ったのなら、仕事はかんたんだった。戦士をひきいて自分も岩山に登り、異人のかくれ場を見つけて、イッィナクに信号を送ればいい。あとはイティ・イティ族の岩城から飛来した戦士の大軍が、ブラフ・ポ・ラを始末するのを眺めるだけだ。

全員が喉の渇きを癒すと、ミツィノは作戦を説明し、日没まで休息するようにと申しわたした。暗くなったところで散開し、亀裂の奥のガレ場を登っていく。それほど進まないうちに、上のほうから岩のかけらが転がり落ちてきた。それが一戦士の肩に激突し、戦士は叫び声をあげて地面に倒れた。

ミツィノには、だれが岩を落としたのかわかっていた。

＊

その日、かつてゼウスの城があった岩山の上に、雲ひとつない空から《ヒュプファー》が降下してきた。小型宇宙船は水平飛行にうつり、高くそびえるイティ・イティ族の岩城に接近していった。

飛行中はなにごともなかった。探知機は地球周回軌道上に浮かぶ大型フルクース艦二隻をとらえたが、敵が手を出してくることはなかった。ただ、それは黒い異人がテラ・パトロールの消失をかんたんにはうけいれないという、意志表示ではあった。

ワリク・カウクは透明にした機首の風防から、荒涼とした風景を眺めた。《ヒュプファー》は低空飛行で、プローンの女王の城があった岩山の横を通過した。ワリクはふと、脇に目をやった。黄色っぽい閃光が目を射る。その場所に目を凝らすと、数秒のあいだにさらに数回、閃光が見えた。

「いったいなんだ？」と、ひとりごとのようにつぶやく。

ドウク・ラングルは《ヒュプファー》の速度をさらに落とした。

「よく見てみるか？」ラングルがたずねる。

ワリクは巨大な岩山に目を向けた。南から砂嵐が近づいていた。腕のクロノグラフを見る。ジェント・カンタルからあたえられた猶予は、二十時間だ。

「害はないだろう」と、決断。

《ヒュプファー》はコースを変えた。高度は岩山の頂上よりも数メートル高いだけだ。

ワリクは閃光が見えたあたりを観察し、ラングルはまっすぐにその場所に向かった。ムシーラーの集団が見えてきた。南を向いていたかれらは、ほとんど音もなく西から接近する《ヒュプファー》に気づかない。炎の飛行士がふたり、鏡を微妙に動かして陽光を反射させ、合図を送ろうとしていた。信号が向かう先は、南にあるイティ・イティ族の岩城にまちがいないだろう。

「旋回しろ」と、ワリク。

《ヒュプファー》はムシーラーに気づかれる前にコースを変え、集団の背後の岩陰にはいった。ワリクの指示でハッチが開く。

「なにか起きているようだ」ワリクが外に出ながらいった。「岩城に近づく前に、なにがあったのか知っておきたい」

岩の端に近づき、膝をついて向こうをのぞく。ムシーラーはすでに信号を送りおえていたが、全員まだ南を向いたまま、なにかを待っているかのようだった。ワリクも思わずそちらに目を向けた。恒星が南東にあるのでわかりにくいが、やがて空中に、岩山をめざしているらしい無数の点が見えた。ムシーラーたちは両腕を振りまわし、興奮した叫びをあげている。無数の点は急速に接近してきた。ワリクはようやく、それが数百名のムシーラーの戦士だと気づいた。背中の架台に何本もの火箭《ひや》を装備している。戦闘行動だ。

戦士たちは一群の岩組みをかこむように、次々と着陸した。鏡で信号を送っていたふたりも、急いで合流する。ワリクはなかのひとりに見おぼえがあった。飛翔膜の色から、非常に高齢だとわかる。ワリクを〝悪神〟としてとらえた、イティ・イティ族の最長老、ミツィノではないのか？

ムシーラーたちはゆっくりと岩組みに近づいていった。標的はその岩組みの内部にいるにちがいない。ワリクはそれがだれなのか、なんなのか気になった。ふと、岩組みの頂上の、ドーム状の部分に目が向いた。なにかが動いたような気がしたのだ。きわめて慎重な動きをしているらしい。近づいてくるムシーラーに発見されるのを恐れている。人影が危険な岩の端に出てきた。そこではじめて立ちあがる。

ワリク・カウクは息をのんだ。

炎の飛行士ではない！　それはテラナー……ブラフ・ポラードだった！

＊

ブラフはくたくたになって、岩山の上にもどった。この冒険を生きのびられるチャンスは、もうほとんどない。イティ・イティ族は追跡が得意だ。ブラフをつかまえるまで、あきらめないだろう。

かくれ場は岩組みのなかだった。夜間に急いでしかけてくるとは思えない。対決は朝になってからだろう。休息の時間はあるということ。ブラフは疲れきって眠りに就いた。

陽が昇ると、からだの痛みのほかに、空腹と喉の渇きをおぼえた。だが、身動きする気にもなれない。敵が背後に迫っていた。岩組みのなかのかくれ場を発見できないかもしれないという希望は、すぐに打ち砕かれた。午前中遅くには、すくなくとも百体のムシーラーの翼の音が聞こえた。戦士団を呼びよせたのだ。ブラフは岩組みの最上部に登り、状況を観察した。

おしまいだとわかった。岩組みはすっかりとりかこまれていた。重武装の炎の飛行士たちがかくれ場に迫ってくる。あれだけいれば、岩組みのなかをすみからすみまで捜索できる。きょうの日没を見ることはないだろう。

だが、そのとき、視野のすみをあらたななにかが横切った。西側の岩陰から、棍棒型の物体が出現したのだ。棍棒は回転し、正面をブラフに向けて、急接近してくる。《ヒュプファー》だった。

ムシーラーが怒りの叫びをあげる。気の早い数人が火箭を空に向けてはなった。命中したものもあったが、《ヒュプファー》は意に介さない。原始的な攻撃のなかを悠然と、ブラフがいるドーム状の岩の上に接近。ブラフはハッチが開くのを、奇蹟でも見るように茫然と眺めていた。人影があらわれ、合図する。ブラフは上体を起こした。ワリク・カウクだ！

「ほら、若いの、ぐずぐずするな」ワリクが叫んだ。

ブラフはいきなり立ちあがり、記録的な勢いでハッチに跳びこんだ。勢いあまって《ヒュプファー》の反対側の壁にぶつかり、頭を打って床に倒れたほどだった。

9

《ヒュプファー》が邂逅ポジションに到着したとき、約束の二十時間のうち、まだ九時間そこそこしかすぎていなかった。《ボールドウィン・ティングマー》は、ドウク・ラングルの分析によると、メダイロンから十七光年はなれた、〝たぶん惑星あり〟と見られるG2型恒星の近傍に待機していた。

《ヒュプファー》と《ボールドウィン・ティングマー》のあいだで必要な情報が交換され、どちらも加速して、まもなくリニア空間にもぐりこんだ。リニア航程は短く、《ヒュプファー》はすぐにオレンジ色の恒星のそばに実体化した。周囲の宇宙で、ほかのどの星よりも明るかった恒星だ。ラングルは恒星までの距離を一・三光時と計測。さらなる観測で、惑星は五つあると判明した。地球型の居住可能な惑星があるとしたら、第二惑星だろう。

やがて《ボールドウィン・ティングマー》が目的ポジションに出現した。ジェント・カンタルがラングルの計測結果を聞き、二隻は第二惑星に向かった。百万キロメートルの距離からの探知で、そこが酸素惑星であり、表面温度も耐えられる程度だと判明。そのあと《ボールドウィン・ティングマー》のセンサーが、植物の生育を確認した。旧暦三五八二年七月三十日、二隻はいっしょに、異惑星の低高度周回軌道に乗った。夜の側にいるあいだに、惑星環境が実際に地球によく似ていることを確認する。テラよりもややちいさく、表面温度は高めだが、惑星形成期はすでに脱しており、気候の安定した、成熟惑星となっている。広大な海洋があり、陸地は三つの大陸に分かれて、最大の大陸は赤道付近から南極にまで達していた。光学観測の結果、多数の深い谷がある山岳地帯が南緯四十度あたりに見つかった。八千メートル級の峰が連なっている。ジェント・カンタルは、その山地の谷のひとつに着陸することにした。

《ボールドウィン・ティングマー》のそばに、厚い雲海を突っ切って《ヒュプファー》が姿をあらわした。岩だらけの峰々が目の前に迫ってくる。二隻はならんだまま、カンタルが着陸地点に選んだ谷へと降下していった。谷は全長が五キロメートルほど、両側の崖は谷底に対し、オーヴァハンググぎみにはりだしている。コルヴェットはそのはりだしのしたに着陸し、《ヒュプファー》もそのすぐそばに着陸した。

谷は一面に草が芽吹いていた。木々や藪を縫って小川が流れ、原野へと消えていく。《ヒュプファー》と《ボールドウィン・ティングマー》では、通常の最終分析がおこなわれた。異惑星の環境に、人間にとって危険な要素はないと判明。

ハッチが開き、テラナーと非テラナーとロボットは、はじめての世界に足を踏みだした。

＊

〝カンタルの星〟と命名された恒星が沈んだ。ジェント・カンタルはこの命名に抵抗したが、アラスカが、自分はイーシェンの地下格納庫の危険を最後まで過小評価しており、脱出に成功したのはテラ・パトロールの指導者のおかげだといって説得した。一同は二隻のあいだに輪になってすわり、ようやく訪れた平安を満喫した。ジェント・カンタルが口を開いた。

「どうやら全員、この惑星に満足しているようだ。だからここで、いくつか注意しておきたい。この惑星は〝インテルメッツォ〟と命名する。長居する気はない、ほんの〝間奏曲〟というわけだ。小陛下はわずか十七光年のところにいて、脱出した臣民を見逃しておくことはないだろう。黒い異星船が、すぐにもこの上空に出現すると、覚悟しておいたほうがいい。敵が追ってきたら、逃げなくてはならない。

ただ、ここでやるべきこともある。距離の近さは小陛下だけでなく、われわれにとっても利点となる。地球を監視しつづけるのだ。小陛下の心理インパルスがどのくらいの距離までとどくのかわからないから、接近しすぎることはできない。それでも、地球で重要な出来ごとがあればわかるくらいには接近したい。

もうひとつ、いつかは地球のようすを見にくる者がいるはず。ローダン、アトラン、ブル、ティフラー……だれかはわからないが、きっとやってくる。われわれの使命は、地球で待ちうける脅威を警告することだ。やってきた者を、小陛下の支配下に置かせることはできない。

以上がわれわれの使命だ。全員、肝に銘じてもらいたい。ここには休息にきたわけではない。仕事は山積していて、考えただけでめまいがしそうなほどだ」

カンタルは黙りこんだ。ほかに発言する者はいない。ワリクはマルボオをひきよせ、その頭が肩にかかるのを感じた。背後で金属的な、低い声がした。

「管理エレメントは、いま説明のあった現状認識に、論理的な欠陥はないといっています」

ワリクは思わず振り返った。アウグストゥスが元気そうで、うれしかった。

夜が明ける前に、驚くべき発表があった。ビロル・ウーズネルとサイルトリト・マルトリングが、これからふたりはパートナーになると宣言したのだ。

「〝父祖たちのしきたりにしたがって〟」ビロルが甲高い声でいい、生涯のパートナーに、そっとふくらはぎを蹴られた。

＊

ちょうどそのころ、ローマ近郊の廃墟でひとりの男が眠りから目ざめ、いきなり脳内に新しいものを感じた。数カ月間感じつづけている絶望感ではなく、呼びかけというか、命令というか……

驚くと同時によろこんで、男は汚い寝台から跳ねおきた。脳内の感覚の正体を見極めようとはしない。それがそこにあるだけでうれしかった。人生に、急に新しい意味が生じたのだ。

グラウス・ボスケッチは命令を受領した。

生きのこった人々を集め、どこか遠く北方に存在する、力のところに連れていくのだ。

よし、やろう、と、ボスケッチは決意した。

テルムの女帝

ウィリアム・フォルツ

「現実がひとつしかないと信じるのは、もっとも危険な自己欺瞞《ぎまん》である」

ポール・ワツラウィック

「われわれの進化の次の段階が電子的知性の発展であり、それが有機生命体という中間段階のために死んだ惑星からのみ生じるということは、充分に可能である」

ライアル・ワトソン

登場人物

ペリー・ローダン……………………《ソル》のエグゼク1
ジョスカン・ヘルムート…………同乗員。サイバネティカー
ブジョ・ブレイスコル……………同乗員。猫男
カラジアン……………………………アーカイヴ管理者。ソベル人
コストロイ……………………………老人。ソベル人
ヴリッション…………………………ナルヴィオン艦隊の艦長。ソベル人
ミトラ
モイクリナ……………………………聖杯の母。ケルセイレーン
ホプザール……………………………艦隊の指揮官。チョールク
テルムの女帝…………………………超越知性体

人類 I

無限の宇宙を一隻の船が航行している。その名は《ソル》。目的地に待つのはテルムの女帝である。その存在する座標は地球の座標と同じだとされていたが、そうではないことは、すでにわかっている……

過去 I

ブロストの輸送ネットワークはティオトロニクス管理されていて、輸送光路の過負荷は本来ありえない。だが、アーカイヴ管理者カラジアンが毎朝直面する現実は、それとは違っていた。クリオル光路は毎朝、過積載になった。その末端部は通信センターの巨大ドーム・ビルで合流し、毎日五十万人のソベル人を仕事場に吐きだし、夕方になると回収する。第二の主要光路であるドリソルは個人領域のために開発されたものだが、その状況も悲惨さは変わらなかった。ドリソル光路で娯楽公園にたどりつける確率はあまりにもちいさく、カラジアンはしばしば、ソベル人数百万人のなかに、ドリソル光路を使おうなどと考えるほどの楽天家が何人いるだろうと自問した。

小規模な近距離光路なら、もうひとつある。それを使うブロストの数十万のソベル人は、毎朝二時間早く起きないと、目的地に到着することができなかった。

けさはクリオル光路が停止してしまい（ちいさな不具合が原因で、すぐに復旧すると告知されたが、カラジアンは破壊活動を疑っていた）、近距離光路は信じられないほどの混雑ぶりだった。数分もしないうちに、近距離光路は完全に過負荷になった。大混乱が生じ、のちに確認されたところでは、ソベル人百十二人が死亡し、負傷者は数えきれないほどだった。

カラジアンは担当地区の近距離光路に殺到する群衆を、やや距離を置いて観察した。自分がそのなかに身を投じ、ほんの数分でもいっしょに押し流されていくことなど、考えられなかった。

カラジアンは中背の無性者で、肉体的な優位はなにもなかった。謙虚なのでおろかと思われがちだが、分析力は鋭く、職務上の要求をはじめ、さまざまな事態に対応できる。

職場は一通信センターの歴史部だった。ブロストなど、ソベル星間帝国の各惑星で起きる出来ごとを、ティオトロニクスの助けを借りてすべて記録している。

記録の範囲は包括的で、考えただけで目がくらみそうだ。このデータの山の全体を理解し、処理できるソベル人など、いるのだろうかと思えてくる。

自分がソベル人のために働いているのか、それとも文明を操作するティオトロニクス複合体のために働いているのかという、背教的な思いをいだくことさえあった。

アーカイヴ管理者は、自分がその場に立ちつくしていることに気づいた。

近距離光路に殺到するソベル人たちに押しつぶされそうだが、ほとんどはカラジアンに気づきもしない。

当事者が傍観者になるのにおおきな跳躍は必要ない、と、カラジアンは思った。同時に不安がこみあげてくる。急いで人の流れからぬけださないと、押し流されてしまう。

通廊の両側の壁には、ティオトロニクスから大衆に向けたニュースが流れていた。通廊のすぐ上では警告灯が点灯し、ニュースを見逃した者たちのために、意識不明者が二名でたとの情報を流している。

ブロストの中心部に、情報も知らずに行こうとする者はいない。

通廊に人があふれはじめた。人波がカラジアンのいるほうにふくれあがってくる。あまりにも展開が速く、無性者はすぐに人波に飲まれるのを覚悟した。そのとき、周囲の人々の動きが遅くなった。

カラジアンは踵《きびす》を返し、近距離光路の通廊からはなれた。川の上流に向かおうとする木切れになった気分だ。

自分の居住区画に通じる階段を登る。ビル内はしずかだった。夕方まではティオトロニクスによって中立化されているのだ。

居室にもどる途中、ふたりの情報不能者に出会った。子供と、盲目の老女だ。そのふたりには、これまで気づいていなかった。一日じゅう、いったいなにをしているのだろうと、つい気にしてしまう。

居室に向かいながら、居室群のあいだの自由地帯をうろついた。したの通廊から聞こえてくる喧噪が、非現実的なものに思えた。

前方に老無性者があらわれ、近づいてきた。服装は不格好なケープと、紐つきのサンダルだ。情報不能者特有の、無関心な表情をしている。

そのソベル人は通廊のほうを見て、カラジアンに向きなおった。「職場に行かないのか」

カラジアンは嫌悪感をおさえた。

「あとで行く」

老無性者は尊大な笑みを浮かべた。

「通勤時間がすぎれば、ティオトロニクスがすべての光路を止めてしまうぞ」

カラジアンは黙っていたが、そのとおりだと承知していた。

「手を貸してやれるかもしれない」老人がゆっくりという。

情報不能者に助力を申しでられて、カラジアンは困惑した。無視して、足を進める。

老無性者はあとをついてきた。

「わたしに手が貸せると思っていないな？」

「ああ。わたしにかまわないでくれ」

「列車に案内してやれる！」

「ばかなことを」アーカイヴ管理者は吐きだすようにいった。「列車など存在しない」

「たしかかね？」

「機能している列車の情報はない。ゆえに、列車は存在しない」

「案内できたらどうする？」

こんな話に耳をかたむけるとは、わたしは頭がどうかしたのだろうか。カラジアンは自問した。

「ティオトロニクスの情報はすべてを包括している。ティオトロニクスの知らない情報があると考えるのは、心を病んだ者だけだ」

ふたりはしばらく無言でならんで歩いた。やがてカラジアンの居室につく。

「ここに住んでいるのか？」カラジアンが足を止めると、老無性者がたずねた。

「そうだ」アーカイヴ管理者はしぶしぶ答えた。

毎日訪れる貨物宇宙船が、上空で制動機動にはいった。騒音とともに、エンジンが空気を噴出する。振動でカラジアンのからだまで震えるようだ。しばらくはなにも聞こえなくなった。

「わたしの名前はコストロイだ」老無性者がいった。

「それは非情報だな！」カラジアンは憤然と応じた。

「そうかもしれないが……それがわたしの名前なのだ！」

ふたりは顔を見あわせた。カラジアンは、自分が相手を楽しませてやったような気分だった。そう思うとさらに腹がたった。

「きみが信じないからといって、気にはしないさ」コストロイが気安げにいう。「きみはティオトロニクスの秩序のなかに生きていて、その外で起きることには目が向かないのだな」

「ティオトロニクスの秩序の外にあるのは非情報だけだ。それは恣意とカオスでしかない!」

コストロイは通廊のほうを指さした。

「では、あれは?」

「技術的混乱は、すぐに修正される」

子供たちの一団が自由地帯の反対側に姿を見せ、歓声をあげながら、使われていない居室のひとつに駆けこんだ。

カラジアンは追いはらうように両手をあげた。

「これは情報不能だ! 話しあっても意味がない」

「きみの居室が荒らされたらどうする?」

「なくなったものはすべて補償される」

「ティオトロニクスの秩序の隣りに、第二の世界が存在しているのだ」コストロイは真顔になった。「非情報の世界が。ティオトロニクスの秩序が徹底されればされるほど、非情報の拡散速度はおおきくなる」

「あなたは哲学者か？」

「わたしは真実の語り手だ」カラジアンは目をむいた。「ティオトロニクスの秩序は見通しがよく、計画的だ。起きるべきことは、かならず起きる」

「真実の語り手！」コストロイが悲しげにいった。「ティオトロニクス通信システムのコントロールは、もう長らく失われている」

機能しない。われわれはその召使い、ティオトロニクスはもはや、みずからが規定した枠内でしかを失い、非ソベル的制度にみずからを売りわたしたのだ」

「革命家なのか？」カラジアンは驚いてたずねた。

「きみの視点からすれば……そのとおり。だが、包括的情報の奴隷にすぎない。われわれ、見通しなら、とどのつまり、だれもがわれわれの文明の反映でしかないからだ」

カラジアンは内心の閃きにしたがい、とっさにいった。「列車に案内してくれ」

「そういうと思っていた」と、コストロイ。「きみが通廊からひきかえすのを見て、このいわゆる〝ティオトロニクスの秩序〟からはなれることができる者だと確信したのだ」

「ばかな。興味があるだけだ」と、アーカイヴ管理者。

「興味？　なんに対する？　なにもかもわかっているのだろう？　だれもが包括的情報を持っているのだから。つまり、きみは非情報に興味があるのだ」

そのとき子供たちが居室から出てきて、カラジアンはなにも答えずにすんだ。子供たちは発見したものを自由地帯のまんなかに引きだし、火をつけた。かれらがいなくなったあと、ロボットがやってきて火を消し、焼け焦げた物体を運び去り、最後に火の跡をきれいにした。

カラジアンは嫌悪を感じながらも、うっとりとそれを眺めた。こんなことが毎日起きているのだろうかと、思わず自問する。

「ティオトロニクスの秩序に、絶望的な反抗を試みる者もいる」コストロイがしずかにいった。

「泥棒だ」カラジアンは吐き捨てた。「情報不能の、窃盗行為だ」

「それほどの害があるわけではない」コストロイはアーカイヴ管理者を見つめた。「きみはなぜ名乗らない？」

「情報不能者に？」しばらくためらったが、やがてこういう。「カラジアンだ」

「よく聞け、カラジアン。ソベル人が追求した、ティオトロニクスによる理想社会は実現しない。われわれ、その道程の途中で立ち往生している。異なる分野の科学者ふたりがおたがいを理解するところを見たことがあるかね？　異なる言語を話しているのだから、まず望みはない。そこですべてをティオトロニクスに託し、情報を統合しようとしたのだな」

「どうしてそんなことを知っている？」

「わたし自身、老いた情報不能者となる前は、科学者だったからだ」濁った目に、一瞬、以前あったであろう輝きがもどった。「自分の現状を嘆いているのではない。非情報という状況は、見通しをよくしてくれる。すくなくとも、手がかりの関連性はとらえることができる」

「重要なのは、なによりも情報化だ！」カラジアンはティオトロニクスの秩序のモットーを叫んだ。

「重要なのは、どの情報に意味があるのかを知ることだ」コストロイがいいかえす。

「そして、人はその区別を、各人が独立しておこなえなくてはならない」

老人が歩きだし、カラジアンはそのあとを追った。

自由地帯をぬけ、ふたつの居室のあいだを通って、べつの居住区にはいる。もうカラジアンがアーカイヴについていなくてはならない時刻だ。それよりも、二度めのニュースの時間だった。

「列車内で起きることは、きみには恐ろしく感じられるだろう。やがてきみは、ティオトロニクスの秩序のそばに、第二の世界があることに気づくはず。ブロストだけがそうなのではない。われわれの星間帝国の、すべての惑星がそうなのだ。きみは滅亡の兆候を目にするだろう」

カラジアンは信じられない思いで老人を見た。

「非情報地帯ではろくでもないことが起きるとは思うが、滅亡はいいすぎだろう」

そういううちにも、カラー・スプレーを手にした老女がふたりあらわれて、建物の外壁にスローガンを書きはじめた。

ロボットが二体、その情報不能者がいなくなるのを辛抱強く待ち、そのあと落書きをきれいにする。

「読んだかね?」コストロイがたずねた。

「狂ったスローガンだ!」

「そのとおり。だが、われわれ全員、多少とも狂っているのだ。正常だと主張しているだけで。自分は狂っていない、おかしいのはほかの者たちだ、と」

*

午後早くには、クリオル光路は復旧した。ブロスト全体におよんだ混乱も、すぐに終息した。ティオトロニクスはすべての出来ごとと、それに対する処置を記録した。

ソベル帝国の植民惑星でこの日に起きたさまざまな事件のなかでは、ブロストにおける主要輸送光路の不具合は、大した問題ではなかった。毎日のようにどこかで、武装蜂起や掠奪や宇宙戦が起きているのだ。政治的主張の異なる党派同士が情熱をかたむけて、宣戦布告したり、和平を結んだりしている。条約が締結され、あるいは破棄され、高名なソベル人が誘拐されて殺され、情報不能者が餓死し、裕福なソベル人が天国のような植民惑星に宮殿を建て、科学者による発見があり、森林が伐採され、河川の流れが変えられ、植民世界の原住種族が絶滅する。

そのすべてがティオトロニクスによって正確に記録され、ニュースとして配信される。

それがソベル人社会の典型的な一日だった。

*

ブロストは十一の惑星を擁するセールコシュ星系の第四惑星で、ゴルガトヌル銀河を版図とするソベル星間帝国の首都世界でもあった。ソベル人の歴史は数百万年前までさかのぼるが、現在は初の有人宇宙船を第五惑星に送りこんだ年を、暦年の起点としている。

その暦法によれば、いまは一八二二九三年になる。ソベル星間帝国に属する惑星がいくつあるのか、正確に知っている者はいなかった。ティオトロニクスと名づけられた巨大計算機のおかげで、この文明は技術的・科学的に飛躍的な発展を遂げた。故郷星系内では、ティオトロニクスの連携により、惑星、衛星、宇宙ステーション、宇宙船など、すべてを結んだ即時通信が可能になっている。ほかの全ティオトロニクスとの通信をおこなうメイン・マシンは、ブロストに設置されていた。

＊

ふたりは居住区をあとにし、閉鎖された工業地帯に出た。大規模工業はすでにセールコシュ星系の外惑星に移転している。そのほうが環境破壊の危険がすくないから。カラジアンは廃墟となった工場群を目にして、思わず足を止めた。ブロストのソベル人生活地域から外に出たことは、これまでなかったのだ。

「こ……この先は非情報地帯だ！」カラジアンは驚きに息をのんだ。

「スラムだよ」コストロイがおだやかに訂正。「ここにはニュースの大部分がとどかないという利点がある」

カラジアンは廃墟のなかにみすぼらしい住居が建っているのに気づいた。工場や管理棟の残骸でつくってあるようだ。

「ここに住んでいるソベル人はわずかだ」と、コストロイ。「革命の芽はこういう場所で育つとわかって以来、情報不能者をふつうの生活地域に再統合するようになったから」

カラジアンは口のなかがからからで、何度も唾を飲みこんだ。

「教育目的でつくられた場所にちがいない」

コストロイは笑い声をあげた。

「ティオトロニクスの秩序に適合しないものは、通信ネットに無視されるのだ、友よ。こういう非情報の話は気分が悪いかね？」

カラジアンはアーカイヴの清潔な部屋のことを思った。いまこの時刻、自分はそこで働いているはずだった。だが、そこはかぎりなく遠く感じられた。別世界のように。

崩れた壁や、雑草の生い茂る瓦礫《がれき》の山を越え、ふたりは非情報地帯の奥に進んだ。こういう場所にはソベル人の犯罪者が身をかくしていると聞いていたカラジアンは、こんなことをして危険はないのかと考えた。だが、コストロイになにかたずねる気にはならない。

情報不能者は確固とした足どりで歩いていく。よくここにきているようだ。

ほかのソベル人の姿も数回見かけたが、向こうはこちらに気づかなかった。

やがてコストロイが、ひねこびた木のそばで足を止めた。

かつてはふたつの工業地帯をつないでいたらしい、崩れた橋を指さす。

「対岸に列車の駅の入口がある、友よ」

カラジアンは一部が崩落した橋に疑念のこもった視線を向けた。

「心配ない」と、コストロイ。「橋のしたを通っていく。崩れてくる危険はちいさい。このあたりの重要な道は、定期的に点検されているから」

「ロボットが点検しているのか」カラジアンはほっとした。マシンがティオトロニクスの命令で、こんな場所まできているとは。

だが、コストロイはそんな幻想を打ち砕いた。

「点検しているのは情報不能者だ」

カラジアンは突然、自分がここにきたのは偶然ではないと感じた。

その場に立ったまま、コストロイの腕をつかむ。

「わたしをここに連れてくる機会をうかがっていたんだな！　ずっと監視していたんだろう？」

「そのとおりだ」相手はすなおに首肯した。

その率直さは、カラジアンを驚かせた。

「どういうことなんだ？　わたしを誘拐する気か？」

「最初はその予定だった」

カラジアンの頭に血が昇った。かろうじてたもっていた自信が崩壊する。

振り向いて、逃げるべきかどうか考えた。だが、コストロイの案内なしに、この非情報地帯からぬけだせるとは思えない。

「いまのところ、きみになにかを強制する気はない。いつでも帰ってかまわない。ただ、できれば、まずわれわれの話を聞いてもらいたいのだ」

「〝われわれ〟とは？」

「文明の未来を自分たちの手でつくりあげようと考えている、責任感あるソベル人の一グループだ」コストロイは微笑した。そのため、表情が傲慢とさえいえそうなものになる。「心配は無用だ、友よ！　われわれ、革命家ではないし、反乱をくわだてているわけでもない。ティオトロニクスの秩序というシステムは、すでに解きほぐしようがないほどもつれてしまっている。だが、力ずくの解決策は、ソベル人の没落を加速するだけだ」

老人は断固とした身ぶりを見せた。

「だが、その話は、目的地につけばすぐにできる」

コストロイは心配無用というが、情報がすくなすぎて、カラジアンは不安だった。だが、老無性者は事情がわかっているようだ。コストロイが狂っているとするなら、それは非常にいりくんだ狂気といえるだろう。

「同行する」カラジアンは心を決めた。

ふたりは汚い水たまりをよけて、橋のしたに進んだ。数本の橋脚がぬかるんだ地面につきたっているが、接合部品はとっくの昔に壊れていた。まるで腐食の記念碑のようだ。

板をつなぎあわせた看板があり、そこにおおきくこう書かれていた。

〝ティオトロニクスの秩序は情報の真実しか知らない〟

「これはどういう意味だ？」カラジアンは老人に向きなおってたずねた。

「真実は現実からしか得られない。だが、現実とはなんだ？　きみとわたしは異なる現実を生きているから、真実も異なることになる」

「ティオトロニクスの情報に反抗しているように思えるが」

「情報は価値判断をはなれてこそ役にたつ。ティオトロニクスの秩序が提供するのは、選択され、操作された情報だけだ」

カラジアンは、コストロイがほんとうに革命家ではないのだろうかと思った。発言がいちいち挑発的なのだ。

「その向こうが駅の入口だ」コストロイは話題を変えた。「しばらくは這って進まなくてはならない」

橋のしたには瓦礫の山があった。そのあいだに、入口がうまくかくされている。コストロイは石をいくつかどけて、奥を見せた。

カラジアンは目の前に伸びる暗いトンネルに疑わしげな視線を向けた。

「先導しよう」コストロイはしゃがみこんで、躊躇《ちゅうちょ》なくトンネルに這いこんだ。

カラジアンは周囲を見まわした。近くに人の姿はない。アーカイヴ管理者がとりわけ奇異に感じたのは、あたりの静けさだった。ときおり離発着する宇宙船のエンジン音がする以外、なんの物音も聞こえないのだ。

居住区を出発してから、一度もニュースを聞いていない。それがどうにも不安だった。

コストロイを追ってトンネルにはいる。

薄闇のなかでもののかたちは判然としないが、前方を這い進むコストロイがたてる音は聞こえてきた。

しばらくするとトンネルはひろくなり、身をかがめれば歩けるようになった。はるか前方に人工照明の光が見えた。

「まっすぐ旧列車駅に向かっている」コストロイはトンネルを這い進んだせいで、息を切らしていた。「そこに仲間がいる。全員、きみがくるのを待っている」

カラジアンは薄闇のなかで目を凝らした。壁の一部は磨きあげられ、あちこちに古い塗装の痕がのこっているようだ。

「光路ができる以前のブロストには、地下鉄道網が存在したのだ」と、コストロイ。

「それは撤去されたはずだ」カラジアンは反論した。

コストロイは首を横に振った。

「撤去されたのはほんの一部だ。ほとんどはそのまま朽ちるにまかされた。保守する者もなく、アクセス路も閉鎖され、だれにも見つけられなくなっただけだ」

やがてホールに出た。天井には照明が点灯し、床は清潔で滑らかだ。ホールの反対側に見える鉄の門は、見たところ無傷らしい。門のそばに一ソベル人が立っていた。ブルーのマフラーを巻きつけている。

カラジアンは目をまるくした。

「あれは……竜騎兵！」驚きに息をのむ。「いや、そんなはずはない！　盗んだ竜騎兵のマフラーを身につけているだけだ」

ひとり立っている門番に近づくと、男性だとわかった。それも若い男性で、情報不能者とは考えられない。

門番はカラジアンに挨拶した。

「お気づきのとおり、わたしは竜騎兵だ。名前はヘイセル」

ヘイセルは小柄で、その肌はほかのソベル人よりも鱗が目についた。ふつうはすでに退化しているえらが、顎のしたに見えている。

「わたしは先祖返りでね」竜騎兵はにこやかにいった。

「どういうことだ！」と、カラジアン。「よりによって竜騎兵が、なぜこんなところに？　旧宇宙軍のエリート部隊がこんな……こんな……」

「反動的なことを？」ヘイセルがあとをつづけた。

「そうはいわない！　だが、竜騎兵といえば、ティオトロニクスの秩序の主要な支持者ではないか」

ヘイセルはコストロイとカラジアンの顔を交互に眺めた。

「行こうか？」

「ああ」コストロイがうなずく。「どうやら新しい友が増えたようだ」

カラジアンは反論しかけたが、そのときにはもう、ヘイセルが門を開いていた。小柄な竜騎兵のうしろに、古い駅が見える。カラジアンはここにつくまでのあいだ、駅はどんな場所なのだろうと、あれこれ想像していた。だが、その想像はすべて裏切られた。壁には発光性金属パネルが貼られ、暗いトンネルにつづく窪みの左右には古色蒼然とした装置がならび、そこに書かれた文字は、カラジアンにはまったくの謎だ。

だが、そんなものは、窪みの中央に鎮座する列車の輝く車体を前にすれば、なにほどのものでもなかった。しかも列車の窓の向こうには、活発に話しあっている二ダースほどのソベル人の姿が見える。

ヘイセルが声をあげて笑った。

「これでセンターまで連れていってやろう、カラジアン！」コストロイはアーカイヴ管理者に名前で呼びかけた。「あそこにはいくつか、秘密の入口があるから」

列車に乗っているソベル人たちは、年齢も社会階層もさまざまだった。

「わたしの仕事はここまでだ」と、コストロイ。「あとで連れて帰ってやろう、友よ」

老人は脇道に姿を消し、カラジアンは小柄な竜騎兵とともにあとにのこされた。コストロイがいなくなったことに、いらだちをおぼえる。老情報不能者を信頼するようになっていたのだ。

小柄で機敏なヘイセルは快活だが冷静で、値踏みするようなその視線は、カラジアンの心の奥まで見ぬくように思えた。

竜騎兵は列車に向かった。器用な手つきでマフラーの端を右肩にかけ、カラジアンの先に立つ。

車内の人々は明らかにふたりに気づいており、三つの窓の前に群がっていた。ひとりが手を振る。だが、カラジアンは、挨拶の相手が自分なのかヘイセルなのか、よくわからなかった。

カラジアンは無性者だが、ヘイセルの魅力を評価することはできた。小柄で男前はよくないが、どこか人をひきつけるところがある。

列車はシルバーで、どことなく砲弾を思わせる印象だった。

「われわれが修理したんだ」考えを読んだかのように、ヘイセルがいった。「つまり、仲間の懐古主義者たちがね」

この言葉から、ヘイセルにはほかの場所にも同志がいるとわかった。さらにその口調から、かれが懐古趣味に好意を持っていないことも推測できた。

ふたりは列車に乗りこんだ。

古い機械油と革の匂いがカラジアンの鼻をついた。

大柄なソベル人が近づいてくる。カラジアンはどこかで会ったような気がしたが、はっきりとは思いだせなかった。

男はカラジアンの腕をつかみ、光があふれる列車のメイン・コンパートメントに連れていった。乗客たちはふたたび席についていたが、その表情には好奇心と、歓迎の意が感じられた。

「アーカイヴ管理者のカラジアンだ」ヘイセルが大声をはりあげた。甲高《かんだか》い共振音が混じったような声だった。

男女が同席していたので、カラジアンは礼儀正しく、無性者の中立的な態度をとった。湯のはいったカップと、クッキーを手わたされる。

カラジアンはゆっくりとクッキーを食べ、口を湿らせた。新しい環境に慣れる、いい機会だ。

「わたしはゾサリウスだ」大柄な男が自己紹介した。「このグループの首謀者というわけだな。組織指導者という表現のほうが好ましいが」

ゾサリウス！

カラジアンは思わず息をのんだ。

ゾサリウスはブロストにおける、指導的なティオトロニクス科学者のひとりだった。中央ティオトロニクスの首席通信士でもある。

そんな男が、どうしてここに？

ティオトロニクスの秩序の指導者のひとりが、陰謀にくわわっている？

理解できない！

とにかく、どこで会ったのかはわかった。二年前、ゾサリウスは一団の科学者のひとりとしてアーカイヴを訪れ、そこでの仕事内容を視察していた。

横でヘイセルがちいさく笑うのが聞こえた。

「われわれを革命家だと思っているんだ」竜騎兵がささやいた。

ゾサリウスの目の上の、厚い鱗が中央によった。

「これは科学プロジェクトだ」と、言明する。「公的支援がうけられるプロジェクトではないので、責任感のあるソベル人の一グループを、秘密裏に準備した」

全員を包括するようなしぐさをする。

「ここにいるソベル人は、ほぼ全員が科学者だ」

「ブロスト全体のことを心配している人たちよ」と、ずんぐりした女性がいう。カラジアンの見るところ、情報不能者となる年齢の直前らしい。

「ティオトロニクスの秩序を廃止したいのか？」カラジアンはたずねた。

だが、周囲の人々から意味ありげな視線を向けられ、性急な質問を後悔する。

「ティオトロニクスの秩序はわれわれの文明全体に根をはっており、廃止は不可能だ」ゾサリウスが答えた。「もちろん、無理に廃止することはできるが、その場合われわれの文明は、現状を維持するよりもずっと早く崩壊するだろう。ソベル人は間違った道を進んだが、それはいまさら変えられないのだ」

カラジアンの困惑は深まった。

「重要なのは、ソベル人の遺産を守ることだ」ゾサリウスが先をつづける。「われわれは数百万年かけてこの銀河を征服し、膨大な量の知識を蓄積した。これを失うことはできない。たとえわれわれの文明が、すこしずつ崩壊していっても」

「アーカイヴにはすべての情報が保存されています」カラジアンが無邪気にいう。

ゾサリウスは聞いていなかった。

「統計があるのだ」と、話をつづける。「ソベル帝国内の犯罪率は驚異的に上昇しているが、精神に障害を負ったソベル人が起こした事件数にくらべると、ずっとすくない」肩を落とし、疲れた調子で、「いまや正常者と異常者の数は同じくらいで、異常者はつねに増加しつづけている！」

この重要人物が絶望的な調子で話すのを聞き、カラジアンはおおきく動揺した。

それでも声をあげ、「そうだとしても、この地区はうまくやっています」

ゾサリウスはうなずいた。

「それも時間の問題だ。ティオトロニクスの秩序はずっと以前から制御不能になり、自律的メカニズムで進化しつづけている」

「ティオトロニクスのスイッチを切ってしまえばいいのでは?」

「大多数のソベル人が危機に気づいていないことをべつにしても、まず、上層部が許可しない。それは当然だ! ティオトロニクスが制御・管理しているものが、どれだけあるかを考えればわかる。ティオトロニクスのスイッチを切るということは、すべての世界に食糧危機をもたらし、宇宙航行をあきらめ、全システムを停止させることを意味する」

カラジアンはティオトロニクスの秩序の外で生きるという事態を想像したことなどなかったが、ゾサリウスが正しいことはわかった。ティオトロニクスのスイッチを切ったら、帝国は完全なカオスに飲まれるだろう。

ゾサリウスは人々のあいだを行ったりきたりしはじめた。

「アブストラクト思考ができるようになったとき、われわれの命運は定まったのだ。これは運命論ではなく、進歩というものに関する、たんなる知識だ。ある境界線を越えて進歩した文明は、滅亡の危機にさらされる。最適な時期に合理的なべつの思潮が勃興すれば滅亡はまぬがれるが、われわれは残念ながら、その機会を逸したらしい」

「では、ソベル人の後継者はどこにいるのです？」と、カラジアン。「死んだ文明を保存するのですか？　それとも、少数の生きのこりがあらたな文明を興すと期待するので？」

「生きのこる者はいるかもしれないが、あてにはできないだろう。いや、宇宙と、そこに生きる人々に遺産を託すことはできない。われわれの知識をうけつぐ者は、そこに内包されている危険に対する警告もうけいれなくてはならないから」

これほどの規模の思考は把握しきれない、と、カラジアンは思った。ゾサリウスの言葉は、どれもばかげていると感じられた。ゾサリウスとその支持者たちは、頭がおかしいのではないかと思えてくる。

では、カラジアンがはたすべき役割はなんなのか？

「この人は混乱しています」ヘイセルがいった。「時間が必要でしょう」

ゾサリウスは竜騎兵の異論を無視した。いまを逃したらカラジアンを説得する機会はないと思っているかのように、性急に先をつづける。「われわれ、宇宙にプライアー波を放射できる施設の建設を計画している。このプライアー波にわれわれの保有する情報をすべて乗せて、宇宙の異種族に送信する」

ゾサリウスはカラジアンの正面に立った。その目には暗い炎が燃えていた。

「そのため、きみが必要なのだ！」

カラジアンはかぶりを振った。

「なにをしろと？　なにもわかっていないのです……わたしは……」

「情報を盗んでもらう！」首席科学者は仮借なくいった。

やっとわかりかけてきた。カラジアンがほかの多くのソベル人とともに働くアーカイヴには、ティオトロニクスによってあらゆる情報が保管されている。

その情報を盗みだすのだ……それ以上でも、それ以下でもない。

人類Ⅱ

「これまでにテルムの女帝について判明したことには、まだ推測の部分が大きい」ペリー・ローダンが《ソル》の司令室でいった。「女帝がだれなのか、あるいはなんなのかは、女帝のところに到着して、はじめてはっきりするだろう」

過去 II

爆発は建物全体を揺るがした。ティオトロニクスの記憶装置から操作センターまでつづく長い通廊に、煙が流れこむ。

ヘイセルが七人の竜騎兵の先頭に立って、崩壊した壁の向こうからアーカイヴに突入してきた。

マフラーが背後にはためいて、いかにも不敵な印象である。手には大型の武器を持っている。

カラジアンは震えながら通廊の端に立ち、竜騎兵たちを迎えたが、心のなかで叫んでいた。

違う！　わたしはこんな暴力を望んだのではない！

ヘイセルは手を伸ばして、カラジアンを壁ぎわに押しやった。アーカイヴ管理者は、計画どおり、夕方になっても居室にもどらず、操作室にひそんでいたのだ。

ゾサリウスの計画では、カラジアンが操作室に通じる扉を夜中に開け、竜騎兵を招きいれることになっていた。だが、これは不可能とわかった。カラジアンが予期していなかった保安装置が作動し、無性者は内部アーカイヴ区画から出られなくなってしまったから。

だが、ヘイセルはその程度であきらめる男ではなかった。

暴力的な手段に訴えたのだ。

竜騎兵は操作室に通じる扉に爆薬をしかけた。二度めの爆発が起き、カラジアンは咳《せ》きこんで、耳にかかる圧力を逃がした。

思わずあたりを見まわす。いつロボットが介入してきてもおかしくない。

「カラジアン、どこだ？」ヘイセルが叫んだ。

アーカイヴ管理者は操作室のほうによろめき進んだ。煙で目が痛い。

ヘイセルは無性者をひきずるようにして先に立った。

「急げ！」と、竜騎兵。「時間がない。準備はできているか？」

「ひとりでできるところまでは」

「よし、指示してくれ」

ヘイセルは七人の竜騎兵に合図した。

カラジアンはすでにアーカイヴ・ティオトロニクスの回線をすべてむきだしにして、相互接続してあった。ただ、横に置かれた装置はあまりに重くて、ひとりでは動かせなかった。それを隣りの部屋の、通信機のそばまで運ばなくてはならない。ヘイセルの部下が装置をとりかこみ、持ちあげて、操作室を横切った。ケーブルがそのあとから、床の上をひきずられていく。

カラジアンはそれを置く位置を指示した。装置と通信機を接続する。

「どのくらいかかる?」ヘイセルがたずねた。

「今夜いっぱいだ!」そう答えたのは、この自信満々の男を困らせてやろうと思ったせいもあった。

だが、ヘイセルはうなずいただけだった。

「では、この部屋を防御しなくてはならない」部下に向きなおる。「外の通廊に展開しろ。重火器は使ってこないはずだ。貴重な装置類に被害がおよぶ可能性があるから」

ゾサリウスのかくれ場には受信装置があり、カラジアンがすべての接続を完了したら、アーカイヴ・ティオトロニクスは遠隔インパルスに応じて情報を送信しはじめる。くわしいことはカラジアンにもわからなかったが、ゾサリウスはティオトロニクスの専門家だ。

カラジアンは顔をあげた。ヘイセルは操作室にじっと立っていた。

竜騎兵が冷たい笑みを浮かべる。

「きみが妙な考えを起こさないようにな！」

外の通廊から銃声が聞こえ、カラジアンははっとなった。

「つづけろ！」と、竜騎兵。「ゾサリウスがすべての情報を受信するまで、この場はわれわれが死守する」

「どうだか！」ふたつの心臓が喉もとまで迫りあがってくるように感じながら、カラジアンは作業をつづけた。最後の接続も、まもなく完了するはず。

「武器はあつかえるか？」ヘイセルがたずねた。

「まさか！」

「だったら、ここにいろ」竜騎兵はそういって、部屋を出ていった。

通廊からはつづけざまに銃声が聞こえていた。八人で内部アーカイヴ区画を、どれだけのあいだ防御できるだろう？ 情報を送信しはじめたとたん、ティオトロニクスが自動的に自己切断してしまうことも考えられた。

ここにいるのが発見されたら、自分はどうなるのだろうか。脱出は論外だった。こっそり操作室にのこったことだけで、すでにティオトロニクスの秩序からは逸脱してしまっている。竜騎兵たちの行為で、状況はさらに悪化した。カラジアンに対する罰は、もう決まっていた。以後は情報不能者としてあつかわれることになるはず。

銃声だけでは、戦況がどうなっているのかはわからない。

カラジアンは扉に近づき、外をのぞいた。濃い煙が視界をさえぎっている。ビームの閃光でだれかが銃を撃っているのはわかったが、敵か味方かは判断できなかった。

この混乱に乗じて、脱出できるかもしれない。

カラジアンは大きく息を吸いこみ、濃い煙のなかに突進した。

足がなにか柔らかいものを踏んだ。ぞっとして足を止め、しゃがみこむ。床にヘイセルの部下のひとりが倒れていた。もう死んでいる。

カラジアンは伸ばした手が壁に触れるまで、右に移動した。

咳きこんで、息を切らしながら、壁ぞいに進んでいく。

途中から煙が薄れてきた。ヘイセルとふたりの部下が太い柱を掩体《えんたい》にとり、銃を撃っているのが見えた。

あちこちで床が溶け、ビームがかすめた場所には黒っぽい溝ができていた。

ここは通過できない、と、カラジアンは思った。

操作室に撤退する。通廊をぬけられない以上、戦闘が終わるまで、そこで待つしかなかった。

＊

煙の毒に当てられて、カラジアンは意識を失った。意識をとりもどしたときには、毒々しい黄色の煙が、半開きの扉から流れこんできていた。

カラジアンは息を詰まらせ、吐き気と戦った。

金属が冷えて鳴る音さえ聞こえない。

アーカイヴ管理者はクロノグラフに目をやった。驚いたことに、そろそろ夜が明けるころだ。自分が操作室にひとりでいるということは、竜騎兵たちがまだ立ちふさがっているのだろう。

立ちあがり、耳を澄ます。

どうしてこんなにしずかなんだ？

ヘイセルたちが撤退したとは思えなかった。

そのとき、扉に近づく足音が聞こえた。カラジアンは恐怖に目を見開いた。ゾサリウスのグループと話をしたときは、まともな精神状態ではなかった。ことの重大さがやっとわかってきたのだ。

カラジアンはしびれたように動けなかった。ただ扉を見つめるばかりだ。ソベル人数人がはいってきて、逮捕されると確信している。

扉が完全に押し開けられた。

カラジアンはくぐもった叫び声をあげた。

戸口にヘイセルが立っていたのだ。

マフラーは焦げ、右半身には大きな傷を負い、顔を火傷《やけど》している。

ヘイセルは右手に武器を持ったまま、部屋にはいってきた。

カラジアンには、男がまだ生きているのが信じられないくらいだった。

竜騎兵は無性者の目の前で足を止めた。

「た……助けを呼ばないと」カラジアンはただ、その男の前から逃げだしたかった。

焼けた顔のなかから、生気の失せたふたつの目がカラジアンを見つめている。

「すんだか？」ヘイセルがかすれた声でたずねた。

カラジアンは最初、なんの話かわからなかった。とにかく、うなずくと、ヘイセルは満足したようだった。

「ここにいろ」

「わたしは関係ない！」カラジアンはわめいた。「こんなことを望んだんじゃないんだ」

ヘイセルは無性者からティオトロニクスに視線をうつした。

「われわれが間違っていたとしたらどうだ、カラジアン？」いらだったように、視線があちこちに動いた。「われわれもティオトロニクスの道具にすぎなかったのかもしれないぞ、友よ！　ティオトロニクスはわれわれを操って、ソベル人がいなくなったあとも、集めた知識が保持されるようにしたんだ」

「ばかげている！」

「そうかな？」ヘイセルは壁面操作盤に近づき、銃の床尾でめちゃくちゃにたたきこわした。そこでとうとう力つき、壁にぶつかって、ずるずるとくずおれる。壁に血の痕がのこった。

ヘイセルはもう動かなかった。

外の通廊から声が聞こえてきた。数人が操作室にはいってくる。全員が呼吸用のマスクをして、武器を持っていた。

「わたしは関係ない」カラジアンは反射的にそういった。「アーカイヴ管理者だ」

無性者は拘束され、連行された。

ひとりがあとにのこり、装置の接続を切った。

人類 Ⅲ

「いくつかの根拠から、テルムの女帝は巨大ポジトロニクスではないかとも考えられる」ペリー・ローダンはケロスカーの計算者ドブラクに向きなおった。「巨大計算機が超越知性体に進化するということは、そもそも、考えられるのだろうか？」

「それはわからない」と、ドブラク。「ただ、テルムの女帝は、強力なポジトロニクスの原理で自身の力を制御しているように見える。これは解としてはありえるが、その利用者についてなにかを確証するものではない」

「わたしは三体の研究者、ダローア、ポサー、カヴェールのことが気になるな」アトランが口をはさんだ。「ロボットなのか有機生命体なのかを明らかにしなかった。これはテルムの女帝の問題の、縮小相似形になっているのではないか？」

「超越知性体がアイデンティティの問題をかかえていないことは明らかだ」と、ドブラク。「自分が何者なのかは知っているはず。そうでなければ、超越知性体ではない」

過去Ⅲ

帰郷とは、どうしても訪問という性格を帯びるものだと、ヴリッションは不安をおぼえた。長年にわたりセールコシュ星系をはなれていたソベル人には、友人知己との連絡はとだえていても、あらたな発見があるはず。

宙航士が着陸した船を降りたとたんに動きがぎこちなくなるのは、まさにこのことを実証していた。

ヴリッションは若いころにナルヴィオン艦隊のある艦に乗り組み、百二十二ソベル年後、その艦の艦長として故郷にもどってきたのだった。

ヴリッションが乗りこんだころにはナルヴィオン艦隊はひとつにまとまっていたが、いまではほかの艦は、まだ存在しているとしても、ゴルガトヌル銀河全体にちりぢりになっていた。ヴリッションにとってナルヴィオン艦隊は、生命力の脈動する、強大なソベル星間帝国の象徴だった。だからこそ艦隊の崩壊は、ソベル文明の衰退の象徴でもあった。

ナルヴィオン艦は超光速飛行を終え、ブロスト近傍の通常空間に実体化した。

ヴリッションと十八名の乗員がここまで到達するには、大きな努力が必要だった。宇宙軍本部がすでに存在せず、適切な命令がとどかなかったから。乗員のうち二名は、この訪問についてあからさまに疑念を口にした。

艦長の動機も感傷的なものではなく、好奇心だった。

ヴリッションは筋肉太りの偉丈夫で、目がすこしとびだしぎみだった。頭部の褐色の鱗にはひと筋の傷があり、興奮するとそれが黒っぽくなった。

通信探知機がうなった。

気にする者がいるとは思っていなかったヴリッションは、驚いて立ちあがった。

「受信しろ、フヨルト！」と、通信士に指示。

すぐに通信システムの画面上に、ティオトロニクスの秩序のシンボルが表示された。

「識別インパルスを送信し、艦長名を申告せよ！　最新のニュースが聞きたいか？」

ヴリッションはフヨルトに合図した。

「もちろん、聞きたい」

身元の確認が終わると、情報が流れこんできた。

期待してスクリーンを見つめていたヴリッションは、失望することになった。送られてきたのは天気予報だったのだ。

ヴリッションはシートを回転させ、ほかの乗員のほうを向いた。長年のつきあいで、その反応はかなりのところまで予測することができる。

「着陸許可を申請する！」と、ヴリッションはいった。

＊

遠距離からの観察で宇宙港が荒れはてているのはわかっていたが、着陸態勢にはいると、その印象はさらに強くなった。離着陸床はあちこちがひび割れ、雑草におおわれている。放置されて久しい宇宙船のあいだには、作業用車輛やエネルギー充塡装置の残骸が転がっていた。周囲の建物も多くが崩壊している。

稼働している宇宙船は一隻しかないようだった。ちょうどスタート準備をしている。

ヴリッションはハチの巣型商船の船長と交信を試み、成功した。スクリーン上に年齢不詳の、不機嫌そうなソベル人の顔があらわれた。

「ナルヴィオン艦か」船長はとくに興味もなさそうな口調でいった。「あの艦隊は、もう存在しないと思っていた」

ヴリッションはそれを聞き流した。相手がスタートする前に、できるだけ情報を得ておきたかったから。

「なにがあった？」と、性急にたずねる。

「なにがあった？」商船の船長はすこし考え、笑いだした。「ああ、宇宙港の状態のことか？　なにを期待していたんだ？」

「わたしの名前はヴリッションだ」艦長はいった。「百二十二年前にブロストをはなれて、以来一度ももどらなかった」

「ミリュースだ！　ブロストにはもどってくる価値などないんだ、友よ。まだここに住んでいる数十万のソベル人のほとんどは、頭がおかしい。ティオトロニクスはまだ数基が機能していて、ニュースを流しつづけているがな。この宇宙港のようすを見れば充分だ。世界じゅう、どこに行ってもこんな状態だよ」

「ほかの者たちはどこに行ったんだ？」

「どこにも。たんにいなくなっただけだ」

「ティオトロニクスの秩序は……」いいかけて、ミリュースのばかにするような表情を見て、すぐに口を閉じた。「ブロストでなにをしているんだ？」

「正直にいうと、不要品の回収さ。辺境の植民世界には、そういうのに金をはらおうっていう酔狂なソベル人が数千人ばかりいるんだ」そういって、笑い声をあげる。「金にまだ価値があるってわけじゃないが、最後にはどうにかしないとな」

「窃盗ではないか！」ヴリッションは憤然と指摘した。「きみは泥棒で、海賊だ」

「好きなように思えばいいさ」と、ミリュース。

ナルヴィオン艦は着陸の最終段階にはいった。ヴリッションは一瞬、商船を攻撃して
ブロストの資産が奪われるのを防ごうかと考えたが、そんな行動は自分のおろかさを露呈するだけかもしれないと思いなおした。

通信を切り、スクリーンで商船がスタートするのを観察する。

「セールコシュ星系にはいったとき交信したティオトロニクスを、もう一度呼びだしましょうか？」フヨルトがいった。

ヴリッションは首を横に振り、

「外を見てまわろう。ソベル人が歓迎にあらわれないのは自明だから」と、いった。

武器ホルスターを着用。

「ドラシオルとウォウルトはついてこい。ほかの者はのこって、艦を守れ」

この人選になったのは、同行するふたりが慎重で、知性も高いとわかっていたからだ。おちついた対応が必要な事態になっても、安心していられる。

「くさいな！」エアロックが開くと、ウォウルトがいった。

「艦内の清潔な空気に慣れていたせいだ」と、ヴリッション。

「ですが、いろいろな世界に降りてきましたよ」

飛翔装置を作動させ、地表に漂いおりる。

ヴリッションは迎えの車輛を探したが、むだだった。

「見てください！」ドラシオルが管制塔のほうを指さした。「作業をしています」

管制塔の影のなかに、黒っぽい人影が見えた。

「ロボットだ！」

「ほんとうに作業している！」ウォウルトが驚いた声をあげ、周囲を見まわして、おもしろがるようにいった。「仕事は山積みだな」

「行くぞ！」ヴリッションは離着陸床の上を飛翔した。

作業をするロボットの姿は、それまでにブロストで見たなによりもヴリッションに衝撃をあたえた。ブロストのソベル人文明が崩壊しかけていることは明らかで、ロボットの力ではどうにもならない……ティオトロニクスにも、それは認識できるはず。

まだ機能しているティオトロニクスが、部分的にでも秩序をたもとうとしているのか……たとえわずかな一部でも？

強力な計算・通信装置であるティオトロニクスが、真実に対して目をふさいでいるのか。もっといえば、ティオトロニクスが狂ってしまったのか？

「まさか！」ヴリッションは思わず大声をあげた。ティオトロニクスがちいさな部分だけで活動しているとするなら、それは、すくなくともティオトロニクスにとっては、その必要があるからだ。

三人は離着陸床のはずれに到着した。時刻は午後早くで、セールコシュはほぼ天頂にかかっていた。

離着陸床をかこんで建てられた管理ビルや倉庫のドアや窓は、すべて破られていた。管制塔のアンテナも破壊され、各センターに通じる通廊には人の気配がない。

「もどったほうがいいのでは？」ウォウルトが不安そうに提案した。「ここにはだれもいません。ブロストのことは忘れて、航行をつづけるのが合理的でしょう」

その思いは理解できた。ウォウルトはブロスト生まれではなく、おおきな植民世界の出身だ。ソベル人の故郷惑星のことは、映像でしか知らない。

「どこに行くというんだ？」ドラシオルがたずねた。「これまでに訪れた植民惑星も、ここよりましというわけではなかった」

いきなり耳を聾する大音響がとどろき、建物のあいだで、数枚の壁に情報が表示された。無から出現したような映像が、壁面を踊りまわる。

「ニュースの時間だ！」と、ヴリッション。「船のエンジン音にかき消されないように、大音量になっているのだ。音量を落とすことは、だれも考えなかったようだが」

三人は情報が表示された壁の近くで立ちどまった。映像に付されたコメントが、まったく理解できない。ヴリッションにとって、それは異世界のニュース同然だった。

映像は、見たところ無傷の居室にいる、一ソベル人の姿だ。

その映像が、驚いたことに、ヴリッションが指揮するナルヴィオン艦の映像に変わった。宇宙港の荒廃したようすがわからないよう、巧みに撮影されている。

「ナルヴィオン艦隊の一隻が、予想されたよりも早く、ブロストに帰還しました」アナウンサーがしゃべりはじめた。「成功裏に運営されている帝国の現状を、ティオトロニクスに報告するための帰還です。報告の評価はすでにはじまっており、その結果は生活のあらゆる局面に有益な……」

声がいきなりとぎれた。画面は崩壊し、あとにはわずかな煙が漂っているだけだ。

ヴリッションはドラシオルが銃を手にしていることに気づいた。

「あんな話は聞きたくありません」宙航士がいった。

ほかの通廊からは、まだ、アナウンサーの声がはっきりと聞こえてくる。

「情報の表示をすべて破壊するのは不可能だ」ヴリッションがいった。「それに、ここで起きていることに介入すべきではない。われわれは観察するだけだ」

言葉とは裏腹に、ヴリッションは破壊されたスクリーンに深い満足を感じていた。

＊

まるで無言の合意ができていたかのように、だれもなにもいわないのに、三人はその場をはなれ、宇宙港のべつの区画に通じる通廊を歩きだした。

だれもがブロストの市民に会いたくないと感じているようだとヴリッションは思った。

まだ艦にもどっていないとしても、その事実に変化はない。義務的な行動は完了し、いまは勇気と興味をもってあたりを捜索しているが、あきらめの気分が募るばかりだ。いくつかのビルは比較的保存状態がよく、たぶんそのため、まだかろうじて宇宙船の管制がおこなわれているのだろう。

備品貯蔵施設では女性三人と無性者ひとりを見かけたが、そのソベル人たちは頭がおかしくなっているようだった。三人の宙航士を見ると顔をしかめ、通廊に逃げこんだ。

ヴリッションはもう、ニュースを見て離着陸床にナルヴィオン艦を訪ねてくる者はいないだろうと考えていた。

ソベル人は袋小路にはいりこんでしまったのだと思い、ヴリッションはぞっとした。どこに方向を転じればいいのか？

〝最後にはどうにかしないとな〟と、ミリュースもいっていたではないか。

ヴリッションは小型通信機をとりだし、ナルヴィオン艦に呼びかけた。

すぐにフヨルトが応答。

「なにかあったか？」と、艦長はたずねた。

「艦長たちから話が聞けると期待してたんですが」と、フヨルト。「艦載ティオトロニクスがブロストのティオトロニクスに接続して、情報をすべてひきわたしました」

ヴリッションは顔をしかめた。ティオトロニクス間の情報通信はソベル人世界ではあたりまえのことで、それが悪い結果をもたらすとは思えなかったが、どうも気にいらなかった。

「もうすぐもどる。スタート準備をしておけ」

フヨルトは驚いて、一瞬、返事に詰まった。

「もうスタートですか？　一日も停泊せずに？」

「そうだ！」と、ヴリッションン。

次の指示を出そうとしたとき、建物の上でなにかがきらりと光った。顔をあげると、ボウル型グライダーが一機、都心方向から近づいていた。その磨きあげられた機体に陽光が反射したのだ。

「正式に歓迎することにしたようですね」ドラシオルが片手で光をさえぎりながらいった。「艦のほうに向かってます」

「ああ」ヴリッションはなんとか興奮を表に出すまいとした。「もどるぞ」

三人がナルヴィオン艦にもどったのは、グライダーの到着とほぼ同時だった。

グライダーはメイン・ハッチのしたに着陸していた。乗っていたのは老無性者ひとりと、ロボットが一体だけだ。ロボットはシートにすわったままだったが、その前の操縦装置の上には大型ブラスターが置いてあった。

ヴリッションは降りてきたソベル人に注意を向けた。

無性者は最初の印象ほど老人ではないようだったが、その顔にはつらい年月がはっきりと刻まれていた。とはいえ、物腰は洗練され、服装からは重要なグループの一員であることがうかがえた。

「ティオトロニクス科学者のソティウルだ、友よ！」その声は快活で、ブロストの科学者のアクセントが感じられた。ソティウルはナルヴィオン艦に視線を向けた。「後続も到着するのかね？」

ヴリッションは自分と部下の名前を伝えてから、こう答えた。

「単刀直入にいおう。艦隊は崩壊した。艦長の大部分は、もう生きていない。各艦を指揮していた者たちがなにを考えていたのか、わたしにはわからない」

「それで、きみはなにを考えている？」

「ブロストから立ち去る！」ウォウルトがいきなりいった。

無性者は打撃をうけたようによろめいた。

ヴリッションは叱責するような視線をウォウルトに向け、

「惑星にとどまるべき、正当な理由があればべつだが」と、付言した。

「もちろんだな。もちろん……」と、ソティウル。

気まずい沈黙がおりた。ソティウルはなにか考えこんでいる。

やがて科学者は背筋を伸ばし、決意をかためたように、大きく息を吸いこんだ。

「乗員全員を、しばらくのあいだ、わたしのゲストとして招待したい」

ヴリッションは武装したロボットのことを考えた。拒否したら、ソティウルは重ねて強く招待をくりかえすだろうか。ふたりの部下がスタートの遅延をどう思っているかは、ちらりと顔を見ただけでわかった。

ティオトロニクス科学者はいまかいまかと返事を待っているようだった。それでもせかすようなことはいわず、礼儀正しく黙っている。

「異例の事態のさいは、乗員と相談することにしている」ヴリッションは即答を避けた。

「それでよければ……」

「もちろん、それでかまわない」と、ソティウル。

これはあまりにも非現実的な状況だ、と、ヴリッションは思った。ソティウルも同じ思いにちがいない。無性者は公式に訪問者を迎える態度を崩さず……宇宙港の荒廃など存在しないという顔をしている。

そこにフヨルトから連絡があった。

「艦載ティオトロニクスが自己停止しました、艦長！」

「なに？　たしかか？」ヴリッションは思わず声をあげた。

ソティウルを見つめる。

「ブロストのティオトロニクス群との接続が切れた直後のことです」フヨルトがつづけ

る。「偶然ではありえません」

「偶然ではありえないな」ヴリッションはフョルトよりも、ソティウルに聞かせるようにいった。「この状況でスタートすると、どの程度の危険がある？」

「とんでもない危険があります！」

ソティウルがつくり笑いを浮かべた。

「損傷が回復するまで、全員をゲストとしてお迎えしますよ」

罠にはまった！　ヴリッションは憤慨した。だが、だれの捕虜になったのか……ソティウルの？　それとも、まだ機能しているティオトロニクスの？

＊

ヴリッションと部下たちは、そのあと数日にわたり、さまざまな悲惨な事態を体験した。なかでも廃墟のような居室での生活は、絶望に打ちひしがれそうになるほどだった。宙航士たちの孤独を破るのは、たまに訪れるソティウルだけだった。つねに武装したロボットを連れてひとりでやってきて、情報はほとんど教えようとしなかった。ナルヴィオン艦に技術者を派遣するという約束ははたされず、ほんとうの目的は不明なままだ。

ブロストにまだ数十万人のソベル人が住んでいるという話が事実なら、都心からはなれて暮らしているにちがいない。宙航士たちが出会うのは狂人ばかりで、会話がはじまることはなかった。

定期的に流れるニュースには、重要な情報はなにもなかった。

着陸の七日後、ソティウルがまたやってきた。今度はロボットだけでなく、べつのソベル人も同道していた。長身痩軀の男で、コスペーリオルと自己紹介した。

きょうこそ率直に話をしようと決意していたヴリッションは、ソティウルに先手をとられた格好だった。相手のほうから現状を説明しはじめたのだ。

「きみのいらだちは理解できる。最初に悪い印象をあたえたのは、申しわけなかった。まだうまくいく可能性があると確認できるまで、事情を説明できなかったのだ」

ヴリッションはじっとソティウルを見つめた。

「数年前、この若者が……」と、コスペーリオルをしめして、「……驚くべきものを発見した。すでに放棄され、埋めたてられたと思われていた古い地下鉄道の奥に、巨大なティオトロニクスがあったのだ」

コスペーリオルはひと言ごとにうなずいている。

「そのティオトロニクスには超光速通信装置が接続されていた。革命グループが使用していた設備のようだったが、問題は、なにが目的だったのかという点だ」

「ティオトロニクス？」ヴリッションは信じられない思いだった。「つまり、それはティオトロニクスの秩序からはずれた装置だったことになる。考えられない！」

「指導的地位にあるティオトロニクス科学者が、その革命グループに参加していたのかもしれない」

ヴリッションは落胆した。自分たちの現状と、ティオトロニクスが発見されたという話の、関連がわからない。あるいはソティウルも精神を冒されていて、自分がなにをいっているのか、わかっていないのかもしれない。

「話のつづきをたのめるかね？」ソティウルは若者のほうに顔を向け、そういった。

コスペーリオルはそれを待っていたようだ。

「くわしく調べたところ、不思議なことがわかりました。かくされていたティオトロニクスには、ソベル人のすべての歴史が記憶されていたんです。かつてブロストにあって、そのあと破壊されたといわれる、謎のアーカイヴの一部だったとも考えられます。接続されていた通信装置の目的として考えられるのは、いわゆるプライアー波によって、すべての情報を宇宙に送信することだけです」

ヴリッションは興味をおぼえた。

「種族を裏切った者がいると？」と、ソティウルにたずねる。

ティオトロニクス科学者は首を横に振った。

「そういうことではない。むしろ先見の明があった数人のソベル人が、種族の知識を救おうとしたのだろうと思う。全情報を、いわば〝滅びかけた種族の遺産〟として、プライアー波に乗せて宇宙に送りだしたのだろう」

「だが、失敗した？」

「成功したとは思えない」と、ソティウル。「それほどの情報を乗せたプライアー波を発信するのは、ティオトロニクス一基では不可能だ。すべてのティオトロニクスを統合する必要がある。だが、当時、もちろんそんなことはできなかった。ティオトロニクスの秩序が許さなかったはず。全体がシステム・ダウンすることになっただろうから」

「プライアー波というのは？」ドラシオルがたずねた。

「あとで説明する」と、ソティウル。「まず、きみたちをここに連れてきた理由を話そう。手を貸してもらいたいのだ！」

「手を貸す？」ヴリッションは顔をしかめた。「どういうふうに？」

ソティウルは恥じいるように、地面に目を落とした。

「この計画を完遂させたいのだ。だが、われわれだけではできない。人数がすくないうえ、ティオトロニクスの狂った監視者に対抗できないから。きみたちの助力があれば、チャンスが出てくる」

「なぜ、いままで黙っていたんだ？」ウォウルトがたずねた。

「この数日、プライアー波のプログラミングが可能なだけの、まだ機能しているティオトロニクスがのこっていることを確認していた。きみたちを無意味に足止めしていたのはそのためだ。計画遂行は不可能とわかったら、スタートさせるつもりだった」

「だが、可能とわかったので、ここにのこれというわけか？」ヴリッションが皮肉っぽくいう。

「強制はできない」ソティウルがいった。「とにかく、詳細を説明しよう」

＊

ティオトロニクス科学者は宙航士たちの前に文書をひろげた。

「きみたちはプライアー波を理解するだけの知識を持っていると思う。さらにくわしく知りたければ、資料はいくらでも提供しよう」

「はじめてくれ」ヴリッションがいった。「なにかわからないことがあれば、その都度、質問するから」

「じつは、可能性はふたつある」無性者がいった。「どちらもよく似ているが、違うのはインパルスのかたちと、伝播《でんぱ》の方法だ。わかるだろうが、最大の問題は伝播速度だ。プライアー波が減衰するのはまずい。鋸歯《きょし》状波として放射した場合、一定時間後、五次元的に不安定になる。いったん超光速に移行してから速度が落ち、通常空間にもどってくるのだな。すると、強力な反射効果が生じ、結果として信号はカスケード状に拡散して、最終的に光速をわずかに下まわる速度におちつき、安定することになる」

ソティウルは笑みを浮かべ、聞き手の顔を見わたした。質問がないので、先をつづける。

「このプロセスは二時間ほど持続する。高次空間で得られた残余エネルギーは、徐々に消耗していく。この時間内であれば、適切な装置を持った知性体なら、情報を受信することができる。

それが可能なのは、超光速飛行をなしとげた知性体だけだろうが」

反論を封じるかのように、すばやく手を振る。

「考えていることはわかる！　まだ超光速飛行ができない種族であっても、自業自得で危機に瀕している者たちはいるかもしれない。それはそうだが、この情報はできるだけ多くの文明に伝えなくてはならないのだ。なによりも、みずから招いた文明の衰退がもっとも大きい種族に。

プライアー波通信の話にもどろう。

一定時間後、プライアー波はそのパイパー物理プロセスにしたがってふたたび五次元空間に移行し、エネルギーを充填する。こうしてまたしばらく超光速で伝播したあと、同じプロセスを最初からくりかえすわけだ」

ヴリッションは片手をあげた。

「そうやってふたつの相を移行するうちに、プライアー波が変化してしまう危険はないのか？　くたびれて、仕事ができなくなってしまうみたいに」

「残念ながら、その危険はゼロではない。ただ、この分野には実例がないので、計算を信じるしかないのだ」

「全体に、あまりうまくいきそうな感じがしないな」と、ヴリッション。

ソティウルはそれを無視して話を進めた。

「第二のモデルの技術条件は、もうすこしわかりにくい。さっきもいったとおり、違いはかたちと方法だ。第二の波形は、ピコ秒単位でピークがくる矩形波になる。理論的には、周波数の異なる波が無限に重なっていることになる」

「周波数の違う波がそんなにあったら、受信側は反応できない！」と、ウォウルト。

「そのとおり！」ソティウルは同意した。「そのため、重ねあわせる周波数の数を制限する。それでもなお、すくなくとも数十億の周波数を重ねることになるが。それを宇宙の背景ノイズというじゃま者がいない領域に、強く集束させて放射する。

この方法でも、プライアー波はハイパー放射の固有速度で宇宙に拡散する」

「エネルギー充塡は？」と、一宙航士が質問。「最初の方法と同じようになるのか？」

「やや独自のかたちになる」と、ソティウル。「知ってのとおり、宇宙には空間の歪曲がとくに強い部分がある。

プライアー波はそういう部分で反射するのだな。

ゆえに、充塡と反射のあいだをとらなくてはならない。

もうすこし、第二の方法を説明しよう。

理論的には、プライアー波は宇宙の端から端まで、ほとんど減衰することなく到達することになる」

「だったら、第二の方法でいいではないか」ヴリッションが声をあげた。

「それぞれに利点と欠点があるのだ。最終的にどちらにするかは、利用できる装置しだいということになる。とはいえ、未知の革命グループの準備がなければ、われわれにチャンスはなかったはず。情報の処理には何年もかかったにちがいない」

「技術的な条件はわかった」と、ヴリッション。「だが、それは全体的な問題の、ごく一部にすぎないのでは？」

ソティウルは用心深い目でヴリッションを見た。

「心理的影響、あるいは哲学的影響のことをいっているのかな、友よ？」

「そのとおりだ！」ヴリッションはうなずいた。「ひとつの文明の全体像を、理解できる情報として宇宙に送りだすことなど、できるのだろうか？　どれほど努力しても、つぎはぎ細工にしかならないのでは？　われわれ、自分たちの失敗を自覚したかもしれないが、それでもありのままの自分自身を認識しているとはいえない。われわれが描くわれわれの自画像は、やはりゆがんでいるのだ。それをだれかに伝えるべきではない！」

「情報はできるだけ広範囲に伝えるべきだ！」ソティウルが反論。

「努力するのはいい。だが、この情報にもネガティヴな面があるはず。それはプログラミングされたポジティヴなデータから、必然的に生じるものだ。首尾一貫してポジティヴな情報を送るのは、そもそも不可能なのだ」

ソティウルの表情がこわばった。

「話が長くなりすぎたな」と、打ち切るようにいう。「送信する情報が、それを読み解ける者たちに対する危険を内包しているという見解を、否定するつもりはない。それでも、送信することの利益のほうがはるかに大きいと思うのだ」

ヴリッションはソティウルを見た。

「この計画に協力するかどうかは、個々人が考えてもらいたい」ソティウルがいった。

「ソベル文明が将来も生きのこれるかどうかがその決断にかかっていることは、忘れないようにな」

これには反論しようがない、と、ヴリッションは思った。

＊

ヴリッションはソティウルにならって、計画に協力するかどうかをナルヴィオン艦の乗員たちの判断にまかせた。

「全員、参加します」次の集会でウォウルトがいった。「ブロストの状況を見て、ほかにはなにもできることがないと思ったんです。死ぬまで宇宙を放浪することはできますが、文明再興の手がかりをもとめて、結局なんの成果もなく終わるだけでしょう。ここには、すくなくとも仕事があります。意味があるのかどうかはともかく」

結論はそこにおちつき、ヴリッションはソティウルにその旨を伝えた。科学者は宙航士たちに、感動的な感謝の言葉を述べた。

ソティウルがなにをさせたいのかは、数時間後に明らかになった。ある建物の屋上までいっしょに行き、そこから見えるティオトロニクス・センターを一望したときのことだ。昼間は危険だとソティウルがいうので、訪問は夜になった。ヴリッションの部下のほか、ソティウルの仲間数人がしたの街路をかため、襲撃にそなえた。

とはいえ、これまで事件はなにも起きていない。

ティオトロニクス・センターは四つの建物でできていた。どれも高さは百メートル近く、敷地も三千平方メートルはありそうだ。街路には数十カ所で火が燃えていた。正気を失ったソベル人たちの、野営の炎だ。

ヴリッションの耳に、火をかこむ人々の奇妙な歌声がとどいた。かなりたってからようやく、その歌声はティオトロニクスが定期的に流すニュースを、ゆがんだかたちでくりかえしているのだとわかった。

「どうしてもわからない」ソティウルがしずかにいった。「なぜティオトロニクスは、あの者たちがまわりに集まるのを許しているのだろう?」

「たぶん、面倒を見る相手が必要なのだろう」

「ずっとこの問題を調べているのだが」ソティウルの声に苦々しさがにじんだ。「まだ狂人に奪われていないティオトロニクスは、この現象に関する質問をすべて無視する」

「使えるティオトロニクスはどのくらいある?」

「八基だ、友よ! 狂人たちが二十基ほど保有していて、それ以外はすべて、機能を停止した」

ヴリッションは考えこんだ。

「プライアー波をプログラミングして放射するのに、何基くらい必要になる?」

「コスペーリオルと検討してみて、すくなくとも十二基の大型ティオトロニクスが必要という結論に達した。ただし、中央操作センターを占拠することが条件になる。中央ティオトロニクスが使えない場合、計画はたぶん実行不可能だ」

ヴリッションは不安をおぼえた。

「狂人たちを説得するのは無理だろう。戦うしかないということ。追いはらうか、場合によっては殺すことになる」

ソティウルは答えなかったが、ヴリッションは薄闇のなかで、無性者がうなずくのを見たと思った。

艦長は頸筋の、ひれの痕跡を撫でた。

「それは無理だぞ、ソティウル。わたしの部下は、情報を宇宙に送信するためにソベル人を撃ったりはしない」

「ただの情報ではない。したの街路にいるソベル人たちは、いずれにしても死ぬ。われわれも同じだ」

「死ぬのと殺されるのとでは、意味が違う」ヴリッションは反論した。

「恐いのか、友よ？」

「ソベル人を殺すのなら、われわれは手をひく」

ヴリッションは科学者が自分を見失っていると感じた。

ソティウルは気をおちつけ、低い声でいった。

「そうなったら、計画の実行は不可能になる」

「べつの方法を考えるんだ」

ソティウルは嘆息した。

「したを見てみろ、友よ！　暴力を使わずに、どうやって近づく？　あの者たちはティオトロニクスを神と崇《あが》め、原始的な宗教を構築している」

「観察して儀式の経過がわかれば、追いはらえるかもしれない」

「儀式などはない。狂気のなかで思いついたことをやっているだけだ。ひとつだけ変わらないのは、ティオトロニクスのあつかい方だ」

ふたりは夜が明けるまで、ティオトロニクス・センターのまわりに集まった不幸な人々を眺めつづけた。

したにもどったヴリッションは、ソティウルの悩みがおおきくなっているように感じた。不幸そうな表情が、言葉よりも雄弁にそれを物語っている。

いっしょにきていた仲間が全員集まると、一行は居住区画の本部にもどった。

ヴリッションはソティウルの居室まで同行し、

「道々考えて、有益な提案を思いついた」と、いった。

「聞こう、友よ！」無性者がいう。

「ただ、ティオトロニクスを一基、犠牲にしなくてはならない」ソティウルの顔がひきつるのを見て、急いで先をつづける。「一ティオトロニクスを宇宙港に運び、ソベル人は全員、宇宙船に乗るよう告げるのだ。巨大ティオトロニクスが待っている惑星に運んでいくから、と」

「不可能だ」と、ソティウル。「それに、前にもいったが、ティオトロニクスはこの問題になると反応しなくなる」

「それは関係ない。要はティオトロニクスが宇宙港の離着陸床にあり、わたしの艦でその惑星に行けると、人々が信じればいいのだ」

ソティウルは考えこんだ。

「うまくいかないだろう。狂人たちは、ティオトロニクスの指示しかうけいれない」

「ティオトロニクス科学者なんだろう？　騙す方法はあるはずだ。スピーカーをつないで、われわれ独自のニュースを街頭に流してもいい。うまくやれば、騙されているとは気づかないはずだ」

「考えさせてくれ」ソティウルがゆっくりといった。

ヴリッションは科学者が自分のアイデアに乗ってきたことに、満足をおぼえた。

「たとえ追いはらえなくても、混乱させることはできる。それだけでも得るものはおおきい」

ソティウルは部下を呼び集めようと、通信システムに近づいた。

「うまくいくとはかぎらないが、座して奇蹟を待つよりはましだろう」

＊

ティオトロニクス・センターから宇宙港まで、奇妙な行列ができていた。本人には価値があるらしいがらくたをひきずった、狂気に冒されたソベル人の群れだ。行進の歌声が街路に響いた。

ヴリッションはグヌルウォンというナルヴィオン艦の一乗員とともに、いくつかある監視所のひとつにつめていた。場所は通信センターの本部ビルだ。

ソベル人はあらゆるセンターから出てきて、行列にくわわった。ヴリッションの見積もりで十万人ほどの男女と子供と無性者が、宇宙港へと移動していく。ソティウルの部下たちが設置したスピーカーから、呼びかける声がずっと流れていた。

ヴリッションとグヌルウォンがいるのは、建物の屋上だった。

「狂人にかこまれていたティオトロニクスが、逆の命令を出さなかったのは驚きです」

グヌルウォンがいった。頭はにぶいが、信頼できる男だ。

「こちらのニュースはソティウルが構成しているからな。ティオトロニクス科学者だから、どういう文章をつくればいいかは熟知している」ヴリッションが大声で笑ったので、グヌルウォンは驚いてかれを見た。「すべてが思いどおりにいって、じつに愉快だ」

「まだこれからですよ。行列が宇宙港についたときが勝負です」

ヴリッションにもそれはわかっていた。

いきなり姿勢を低くし、口笛を吹く。

「あれを見ろ！　先頭にいる男だ」

「コスペーリオルです！」グヌルウォンも驚きの声をあげた。「あの男が先導してたんですね」

「ああ、だが、ソティウルはなにもいっていなかった」ヴリッションは通信機で本部を呼びだした。

ソティウルが応答。

「行列はちょうど目の前だ」と、ヴリッション。「先頭にだれがいると思う？」

「考えるまでもない。コスペーリオルだろう」

「どうしてそんなことになったんだ！」ヴリッションは興奮して叫んだ。

「あらかじめ紛れこんでいた。にせのニュースだけで群衆が宇宙港に向かうと、本気で思っていたのか？　扇動する者が必要だった」

「なるほど。だが、コスペーリオルは命があぶない。露見したらリンチされるぞ」

「そうだな」ソティウルはそっけなく答えた。

ヴリッションはコスペーリオルの冷徹さに驚いた。ソティウルの若い部下に、そんな勇気があったとは。あの男を過小評価していたようだ。

だが、これはソティウルが宙航士たちに、状況をすべて話していたわけではないことを意味していた。ほかにも秘密にしている計画があるのではないか。ソティウルの先見の明はたいしたものだが、独断専行は腹だたしかった。

行列が角を曲がり、ヴリッションとグヌルウォンの位置からは見えなくなった。監視はべつの仲間がひきついでいる。

「本部にもどろう」クロノグラフを見て、ヴリッションがいった。「このあともうまくいけば、のこされたティオトロニクスを数時間で回収し、接続できるだろう」

グヌルウォンはじっと考えこんでいた。

「プライアー波を使ったこのとんでもない計画が、頭をはなれないんです。ソベル人がいずれいなくなったら、情報の意味もなくなるんじゃありませんか?」

「宇宙にはほかにも知性体がいるさ」

「それでも、いるかいないかわからない相手に情報を送るのに、どうしてこんな手間と面倒をかけなくちゃならないのか、理解できません」

「おまえは現実的だな」艦長は寛大にいった。「この計画は、もっと哲学的なものだ」

「情報はほかの文明に対する警告でもあると、ソティウルはいっていました。この情報をうけとれば、われわれと同じ間違いはしないだろうと」

「そのとおりだ」

グヌルウォンは目の上の鱗をよせた。

「送れるのはわれわれのなかにあるものだけです。それ以上でも、それ以下でもない」

ヴリッションはその言葉の奥に批判がかくされていると感じた。

「ソベル人も一部は生きのこるだろう。われわれの遺産は宇宙を飛びまわることになる」

「受信者の立場になって考えてみたんですが、受信した情報を理解できますかね？ そもそも、情報だってことがわかるんでしょうか？」

「充分に発達した文明であれば……わかる」

グヌルウォンは目を閉じた。

「プライアー波が最後に行きつくのはどこです？ 虚無ですか？」

「もういい！」ヴリッションは無愛想にうめいた。「たぶん永遠にわからないことを考えて、なんの意味がある？」

＊

ティオトロニクス・センターの雰囲気は陰鬱で、ソティウルの演説もその印象を変えるにはいたらなかった。

「われわれの作業は完了した。使用できるティオトロニクスはすべて接続し、ひとつに統合した。送信機も作動しており、コスペーリオルが発見したティオトロニクスによる、全データの送信が可能になった。プライアー波は偉大な文明の最後の叫びとなるだろう」

ヴリッションの視線はひろいホール内をさまよっていた。宙航士全員がそろっているわけではない。数人はソティウルの部下とともに、センター周辺をパトロールしている。狂人たちは離着陸床にすわって、センターにはたまに備蓄食糧をとりにくる程度だが、ソティウルは大事業の出鼻をくじきかねない危険を、すべて排除すると主張した。「だが、実を結ぶものであるならば、ポジティヴな結果をもたらしてもらいたいと願う」

「この事業が、いつか実を結ぶのかどうかはわからない」ソティウルがつづける。「だが、実を結ぶものであるならば、ポジティヴな結果をもたらしてもらいたいと願う」

ソティウルは中央ティオトロニクスの壁面操作盤のまえを通って、送信機を設置したスタンドに立った。

ヴリッションは緊張した。

なにか不具合が起きるだろうと思っていたのだ。どんな障害が発生するかはともかく。ティオトロニクスのランプが点滅するのを見て、計算・通信装置の故障を無意識に予期していたとわかる。

ソティウルはつねに必死にとりくんでいたが、それも当然だろう。ソベル人の感覚で判断するのは無意味だが、統合された装置は一定の法則にしたがうもの。

どんな法則に？……ヴリッションは自問した。

ソティウルはティオトロニクス科学者だから、どんな法則か知っているだろう。だが、心を病んだソベル人たちが神と崇めるティオトロニクスを、自分の側にひきよせることはできなかった。

ティオトロニクスには、たぶん究明しきれない、なにか深い秘密がある。その秘密が個々の存在をつきうごかすのだ。

ヴリッションは探るようにソティウルを見た。

その表情からは、なにもうかがい知ることはできない。

満足を感じているのか？

「作業は完了した」ソティウルがいった。

自分のことを〝作業員〟と考えているのか？

では、だれの命令で作業をしたのか？

想像が飛躍しすぎて、ヴリッションはめまいをおぼえた。

ソティウルがスタンドの端に近づく。

「では、スイッチをいれる」

全員に向かって宣告。

ヴリッションは周囲を見まわし、がっかりした。なにも起きない。ティオトロニクスも、居あわせた人々も、微動だにしなかった。プライアー波が情報を運んで超光速で宇宙にひろがっているという点をのぞけば、なんの変化もない。

ソティウルは肩を落とした。

「できることはもうない。ほんとうに、なにも」

ソティウルの部下たちは黙って出ていき、宙航士たちはヴリッションのまわりに集まった。こんな状況でも、艦長なら理性的な命令が出せると思っているかのように。

ヴリッションはすがるような目をソティウルに向けた。

無性者は気づいてもいないようで、視線も向けずに部屋から出ていった。

そのときようやく、徐々に高まっていたしずかなうなりが聞こえはじめた。

「狂人たちがもどってきた！」ドラシオルが叫んだ。

「脱出する！」ヴリッションは反射的にそういった。「艦に集合しろ。向こうがセンターにもどってきたなら、宇宙港には自由に出入りできるはずだ」

宙航士たちはソティウルが出ていったドアから通廊に出た。ウォウルトだけはあとにのこった。

「艦長はどうします？」

ヴリッションは遠い目で部下を見つめた。

「われわれ、いつ古いぬかるみからぬけだした？　〝きのう〟だったのではないか？」

ウォウルトが一歩後退した。ヴリッションも頭がおかしくなったと思ったのだろう。

「われわれは一瞬、存在していた。一瞬だけ！　なぜだ？　なんのために？　この場に立ち会い、情報を永劫に向けて送りだすなかで、この瞬間に意味をあたえるためか？」

「艦長……急がないと。いつここになだれこんでくるかわかりませんよ」

「おまえは行け」ヴリッションはしずかにいった。

「艦長はどうするんです？」

「わたしはのこる」

ウォウルトは信じられないという顔でヴリッションを見つめ、ためらったすえ、部屋から走って出ていった。

＊

狂人たちは中央操作室でヴリッションを発見した。スタンドの端にしゃがみこんで、かれらがはいってきたことにも気づいていないようだ。人々はヴリッションをかつぎあげ、勝ち誇って屋上に運ぶと、地上に投げ落とした。

ウォウルトは建物のしたの街路に身をかくし、もしかして艦長が思いなおして出てくるのではないかと見ていたので、ヴリッションのからだが落下し、しばらくして地面に激突する音を耳にした。

ひとけのない街路を宇宙港までもどったウォウルトは、ナルヴィオン艦の乗員に事情を話し、ヴリッションを待つ必要はないと告げた。

艦載ティオトロニクスは復旧していたので、スタートするのに問題はなかった。

ブロストから離陸した宇宙船は、それが最後だった……

テルムの女帝の歴史

創世 I

宇宙をつきすすむプライアー波は、さまざまな発達段階にある天体のそばを通過した。老いた中性子星、ブラックホール、パルサー、二重星、これから恒星や惑星に進化していく、霧のような星間物質から成る原始星系。

どれほどの数の人々がソベル人の情報を受信し、その内容を理解したのかはわからない。

プライアー波は何年も何年も進みつづけ、宇宙のさまざまな星域を通過していった。ときには水が大地に染みこむように、銀河間の虚無のなかに消えてしまうこともあった。だが、そのたびにあらたな力を得てよみがえり、さらに進みつづける。

その特別な〝声〟は間断なく、遠い昔のブロストの情報を叫びつづけた。

プライアー波は重力線やプシオン交点、あるいは時空連続体の崩壊など、さまざまな要因で変動し、そのたびにコースは変化した。

その進行コースは、まったくの偶然によって決まったといっていい。

それでもいつかは特定のポジションに到達する。それは構造的にあらかじめ決められており、プライアー波はある特定の瞬間に、そのポジションを通過することになっていた……

テルムの女帝の歴史

創世 II

原始星系は直径二光年の範囲をおおいつくし、厚みも半光年弱あった。内部で進行するプロセスのせいで輝き、遠くからでもはっきりと輪郭がわかった。

この宇宙では、すべてが生成から消滅までのどこかの段階に相当する。この原始星系は非常に若い構成要素だった。

宇宙のなかでわれわれの歴史が刻まれているこの瞬間、原始星系の内部でガスの雲が星系へと進化することが〝決定〟された。

自然法則は宇宙のどこでも同じ現象をひきおこし、同じ結果をもたらす。

星系の誕生は、宇宙にとっては日常茶飯事《さはんじ》だった。

だが、そのとき、予期しない特殊な事態が生じた。

原始星系のなかで星系を形成するという決定がなされたとき、プライアー波が宇宙のその星域に到達したのである。

計算可能な出来ごとではなく、原始星系にもプライアー波にも意識があるわけではない。この邂逅はまったくの偶然だと思いたくなるところだ。

精神は物質からのみ生じうるというのが、古典的な科学の立場である。だが、この順序が逆になり、精神から物質が生じたと考えるしかない知性体も、つねに存在する。

古典的な科学の信奉者は、プライアー波と原始星系の邂逅は偶然と主張するだろう。そうではないと証明することは、だれにもできない。

これに対抗する理論の信奉者は、人数こそすくないだろうがおおいなる情熱をもって、この出来ごとは何者かが介入した結果だと主張するだろう。これを間違いだと証明することも、やはりできない。

あらゆる知性体は、このどちらを自分の立場とするかの決定を迫られる。われわれの歴史にとって、この邂逅がなぜ起きたのかということは、二次的な問題にすぎない。

それはただ、起きたのである……

テルムの女帝の歴史

創世 III

遠い過去にプライアー波をプログラミングして送出したソベル人が、自分たちの情報が〝生きのびる〟可能性を信じていたのかどうか、いまとなってはわからない。そんなことは考えておらず、プライアー波もいずれはエネルギーを失って〝死ぬ〟と思っていたのかもしれない。

いずれにせよ、原始星系の内部のエネルギー・プロセスによって、プライアー波は充塡も反射もされなかった。

吸収されたのだ。

ティオトロニクスがプログラミングしたプライアー波と原始星系の結びつきを、共生と呼ぶのは大胆すぎるかもしれない。だが、そのあと数百万年のあいだに起きたことを考えるなら、それはまさに共生だった。

プライアー波は長い旅路を終え、もとの構造をたもったまま、星々のあいだに〝埋没〟していった。

ソベル人の情報を持ったプライアー波の本質部分は、原始星系のあちこちで凝集し、物質を構成していった。

プライアー波は形成されていく恒星系に囚われていた。

それでもその星域内での自由はあり、進化していく恒星と十八個の惑星に影響をおよぼした。

こうしてテルムの女帝が誕生したのである……

人類Ⅳ

「決定的な問題は、超越知性体という本質を持つテルムの女帝を、われわれが部分的にでも理解できるのかという点だ」ジェフリー・アベル・ワリンジャーがいった。「理解できない場合、われわれにはその真の形態は見えないだろう……たとえ形態が存在するとしても」

聞き手がいるのは《ソル》司令室ではなく、結合している三隻のそれぞれにいくつもある、インフォ・センターのひとつだった。

目標ポジションに近づくにつれ、テルムの女帝についての推論も多数でてきている。

ワリンジャーの考えでは、どの理論家も超越知性体を〝人間化〟しすぎて失敗している。それはだれが悪いわけでもなく、周囲のあらゆる事物を人間の視点で考えるのは、人間の本能のようなものだ。

ワリンジャーは、これがケロスカーをはじめとする《ソル》の非テラナーにも当てはまるのではないかと考えていた。

独自の価値観をぶつけあうことで、確率的にとっぴな見解は排除される。

ワリンジャーは、テルムの女帝と会ったあともこれは変わらないだろうと見ていた。メルコシュが見た超越知性体と、ドブラクが、トロトが、あるいは自分が見たそれは、同じではないだろう。

ただ、そこにはおのずと本質があらわれるはず。重要なのはそれだった。

「理解できるものは、認識できます」聴衆のひとり、若い《ソル》生まれがいった。「それはわかります、ジェフリー。ただ、わたしが思うに、テルムの女帝はあらゆるレベルで、自由に形態を選べるのではないでしょうか。その高みから一歩だけ降りてきて、われわれに理解できる姿を見せるのでは？」

「充分にありうることだ」ワリンジャーは同意し、弱々しい笑みを浮かべた。「われわれが階梯《かいてい》を一段あがって、女帝を理解できるようになると考えるほうが好みだがね。そのほうが交渉も楽になる。対等なパートナーということになるから」

「そこまでの道のりは遠いでしょう」と、ラレエナ・ブレイスコル。若いミュータントの母親で、たまたまこの会合に参加していたのだ。

「テラにイカロスという少年の話があってね」ワリンジャーは聴衆にその話を聞かせた。

「ときどき、これは自分のことではないかと思えてしまう」

驚いた顔の聴衆を見わたし、口調をやわらげて、

「未知への飛行の結末はさまざまということだ」

そのあいだにも、《ソル》は超光速飛行で目的地に向かっていた。ひきかえすことを考えない者はひとりもおらず、ローダンも同様だったが、強いてその考えを押しのけた。船内は緊張感と好奇心に満ちている。《ソル》がひきかえす、あるいは停止するという判断はありえなかった。

人々の思いは前方に集中していた……

創世 Ⅳ

とてつもなく長い年月がすぎ、重力の法則が定めた軌道にそって、巨大なブルーの恒星のまわりを周回する惑星は、徐々に冷えていった。

そのプロセスは、ほかの無数の星系となにも違わない。

だが、その星系の各惑星では、原始物質から粗い結晶状の構造が形成されていった。

ふたたびとてつもなく長い年月がすぎ、この奇妙な構造はいくつもの塊りになって、そのあいだに枝状の構造が形成された。

これが形成されたのは、若い恒星系の第三惑星と第四惑星のあいだの空間だった。

原始星系とプライアー波が宇宙で融合し、独特な意識が生じたのだ。ティオトロニクスがプログラミングしたプライアー波が、自然の形態をとったのである。

時はすぎ、第三惑星と第四惑星のあいだに巨大なクリスタルのネットが形成されていった。

それはまだ眠っていたが、第三惑星に生まれた知性体が、宇宙的進化の次の段階に進むきっかけとなった……

過去Ⅳ

ミトラの仲間の群れは新しくできた陸地をめざして西に向かったが、ミトラは疲れきっていて、ついていけなかった。大放浪の時期、群れの数体はあとにのこって、傷や病気を治すのがつねだった。

数日前、ミトラの誘惑信号は狙った餌ではなく、鋭いひれを持つプロニルをおびきよせてしまった。プロニルは鋭い歯でミトラのからだに噛みつき、深い傷を負わせた。

群れに助けをもとめてプロニルを追いはらうのは、もうまにあわなかった。

ミトラはおおきな島の浅瀬に漂着した。そこならいつでも海底の洞窟に逃げこめるし、水面に出て肺を酸素で満たすこともできる。

沿岸部の魚は安全で、ミトラはさほどの苦労もなく、充分な食糧をおびきよせることができた。

光は水面からミトラが暮らすあたりまで、まっすぐに射しこんできた。

傷が癒えると、ミトラは陸地に近づき、島の内部を観察した。自分の行動を説明できるほどの知性はなく、ただ衝動にしたがっただけだ。

浅瀬は昼のあいだ水が温められて、快適だった。

雌が群れをはなれることはめったにない。ふつうは少数の虚弱な雄がのこるだけだ。そのうちに、とおりかかった群れにくわわってもいいかもしれない。実際には、ミトラの思考は明確なものではなく、必要と欲求をぼんやりイメージする程度だ。

ミトラは数時間、水中でじっとしていた。空腹になると誘惑信号を発した。すぐに数十四の魚が集まってきた。

ミトラは太ったオオアタマを選び、とらえてひきさいて食べられない骨をはずし、身を貪り食った。この運命をまぬがれた魚たちは誘惑信号が消えると四散し、しばらくは混乱していたが、やがて本来の活動にもどっていった。

ミトラは食事を終えると、洞窟に帰った。

＊

半年後、ミトラは長距離を移動しても消耗しきってしまわない程度に回復し、あらたな生活空間の調査を開始した。ある日、ひれの動きからべつの群れに属しているとわかる小柄な雄に出会った。

雄はうやうやしく、ミトラに水域のしたのほうを明けわたした。

孤独に疲れていたミトラは、すぐにこの小柄な雄といっしょに暮らすことに決めた。相手が拒まないことはわかっていた。それどころか、その雄……名前はヴォントラ……は、ひれをはげしく振ってよろこびをあらわにした。

雌が近くにいれば安全だし、食糧も手にいれやすいから。

しばらくはどちらも満足していた。あたりの水域と島々を探検するというミトラの計画は棚あげになった。

だが、ミトラはすぐにこの新しい相手との遊びに飽きてしまい、探検の決意をあらたにした。ヴォントラは気乗りしないようだったが、弱々しく反対しただけだった。決断するのはつねに強い雌のほうだ。群れはどこも経験豊富で戦いにも慣れた、年長の雌が支配している。

とはいえ、慣れない環境に不安をおぼえたヴォントラが怖じ気づくおそれはあった。浜までは同行するかもしれないが、島の奥までついてくるかどうか。

ただ、地理的条件で妥協は可能だった。ミトラとヴォントラは河口から川を遡り、島の奥に向かうことにした。これなら本来の生息域である水中からはなれなくてもいい。川幅はせまく、ミトラは窮屈に感じたが、さまざまな未知の生命体には魅了され、早くもどろうという気を失った。

ヴォントラはミトラのすぐそばを泳いでいて、おびえているのがはっきりとわかる。

ミトラは怒りをかきたてられ、何度かヴォントラをたたいた。

やがて川はますます平坦に、せまくなっていった。

二体は水面下の、土手のかげで一夜をすごした。

ミトラは夜明けとともに、とうとう川をはなれ、上陸しようとした。川面に降り注ぐ光は明るく、危険なものは見あたらないようだ。

だが、ヴォントラは同行を拒否した。脅してもすかしてもむだだった。

ミトラはためらった。

ヴォントラがそばにいることに慣れてしまっていたし、もどってきたとき、待っているかどうかもわからない。

だが、ここまでミトラをつきうごかしてきた、内心の衝動も強さを増していた。なぜそんなことをするのかもわからないまま、ミトラは川から岸にあがった……

＊

ミトラの祖先は完全な水中生活者でえら呼吸しかできなかったが、ミトラは直立歩行して、水の外でも呼吸ができた。それでも地上では大きな困難に直面した。肉体的にはすでに陸上生活が可能だが、地上の環境に慣れていなかったのだ。

島は原始の森におおわれ、突破できない場所もあちこちにあった。

ミトラは決然と進んでいった。

午後遅く、空き地に出た。

ミトラはそこで不思議なものを発見したが、それについて明確に思考するだけの知性はなかった。

青い恒星の光をうけて、クリスタルの柱が立っていたのだ。柱は謎めいた光をはなち、かすかに振動していた。底部はほぼ地面に接している。

ミトラはクリスタルに近づいていった。

苦労してその一部を欠きとる。

ミトラはかけらを丈夫な葉柄《ようへい》に固定し、自分の短い首にかけた。

こうしてミトラは、女帝の最初の聖杯の母となった。

テルムの女帝の歴史

創世 V

ある時点で両惑星間のクリスタル構造物は透明な球型になり、第三惑星をつつみこんだ。この外被にはいくつもの巨大な開口部があり、そこから惑星上の生命に必要な恒星のエネルギーをとりこんだ。

クリスタル構造物が迷宮状の巨大な結節点をつくった場所からは枝のようなものが伸びだし、大気圏上層部にひろがっていった。

そんな枝が数十カ所から伸びだして、規則的に惑星全体をおおっている。

そのころにはクリスタル構造物はすでに目ざめており、意識的に自分自身を進化させていった。それだけでは飽きたらず、自分がおおいつくした惑星の進化にも、上位存在にしかできない方法で介入した。

原始星系とプライアー波の融合で、独特の性質を持った知性が発生していたのだ。

それ以後は、偶然に左右されることはほとんどなかった。

クリスタル外被は、いわば自然が育てあげた巨大ティオトロニクスだった。それはつつみこんだ世界のすべてをコントロールしはじめ、その惑星の現住原始生命体にも影響をあたえるようになっていった。

ようやく知性を発達させ、水中生活に別れを告げようとしはじめた種族に。

みずからは動くことができず、植物のように徐々に成長していくことしかできないクリスタル構造物には、自分の手足となって動きまわる生命体が必要だった。

そのために現住原始生命体に接触したのだ。

これには副次的効果もあった。

母権制の群れをつくるケルセイレーンをとりこんだため、自身を女性的存在と認識するようになったのである。

クリスタル構造物は、自身をテルムの女帝と命名した。

人類Ⅴ

ドブラクは六つのパラノーマル隆起に触れ、それらがややふくらんでいることを確認した。自分のなかに多数の計算者の心と知識が統合されていることはわかっている。

パラノーマル隆起に感じるにぶい圧力と、周囲の環境全体を数値グループに分類する必要性の高まりから、おおきな変化が迫っているとわかる。

ドブラクがこれと同じ緊張をおぼえたことは、かつて一度しかなかった。ケロスカーの故郷小銀河、バラインダガル銀河が消滅したときである。

《ソル》に乗っている同族は期待に満ちた目を向けるが、ドブラクは根拠のない予告を発しないよう気をつけている。

テラナーとの関係は、またべつの問題だ。

すくなくともペリー・ローダンには、計算者の警告を伝える必要がある。

ドブラクはローダンを探したが、司令室にはいなかった。《ソル》の上方デッキにあるラウンジで発見。ミュータントも全員が集まっていた。

目的ポジション到着後の行動を話しあっている。

ドブラクにはその用心が的はずれに思えた。正しい対処法は、なにに対処しようとしているのかが判明しないと、決定できない。

だが、それは人類の問題であり、ドブラクに容喙《ようかい》するつもりはなかった。

「ドブラク！」ローダンがケロスカーを歓迎する。「なにか新しい情報があるのか？」

「その質問はテルムの女帝のことを指している。残念ながら、なにもない」と、ドブラク。「わたしの話は、ケロスカーの友たちとわたしのことだ」

「どうかしたのか？」ローダンは気づかうようにたずねた。

「なにもない。いまのところは。だが、人類に告げなくてはならない。われわれケロスカーは、まもなくいなくなる」

「なんだって？」フェルマー・ロイドが驚いて叫んだ。「きみたちがいないと、セネカ＝セタンマルクト複合体を使いこなすことができない」

「そのとおり。われわれ、セタンマルクトとともに去ることになるだろう」

ドブラクは自分の言葉がおおきな混乱をひきおこしたのを感じた。修復不可能なあやまちをおかしたのではないかと、暗い気分になる。

人類は現実的で、つねに緊張をもとめ、本質的と考える方向につきすすむ。根本においては、この種族が固有の現実を構築する手法は印象的で、また大きな活力を生みだす。

ドブラクにはそんなことは不可能だ。

「われわれのあらたな居住地の話だ」計算者は先をつづけた。「すでに何度も話したとおり、われわれ、あらたな故郷を探しもとめている。これまで結果は出ていないが、わたしの直感が、まもなく見つかると告げているのだ」

ローダンはじっとドブラクを見つめた。

「つまり、テルムの女帝の版図内に定住するという意味か？」

「そうはならないと思う。目的の達成とわれわれの退去のあいだに関係があることは否定できないだろうが、われわれが超越知性体とともに、またはその近くに居住するとは考えにくい」

「具体的に説明してくれないか？」バルトン・ウィトがいった。

「できない」と、計算者。「だが、変化が生じることを伝えるのは義務だと考えた。ショックをあたえないように」

「心遣いに感謝する、ドブラク」ローダンがいった。「ただ、もうすこしくわしい話があれば歓迎するが」

「まもなくそうなると思う」ドブラクはその場にいる人々の顔を眺めわたした。《ソル》の超能力者の集団は、いささかとほうにくれているように見えた。この種の問題に超能力をどう生かせばいいのか、わからないのだ。

「われわれの道がほんとうに分かれるのなら、ぜひいっておきたい」と、ドブラク。

「いっしょにいたあいだ、きみたちの数値パターンは非常に好ましいものだった」

それは計算者にいえる、最上級の賞讃の言葉だった。

友である人類が、それを理解したかどうか、確信はなかったが。

テルムの女帝の歴史

創世 VI

テルムの女帝は第三惑星（現地名ドラクリオチ）でケルセイレーンの進化に介入したが、それがクリスタル構造物によるこの生命体の奴隷化を正当化するわけではないだろう。

テルムの女帝への進化をもたらした情報要素、つまりプライアー波は、第二の〝ゾベル人の惨劇〟を防止するという方向で、超越知性体に影響をあたえた。

テルムの女帝はケルセイレーンにゾベル人の全知識をゆだねようとしたが、それには文明の崩壊を再現してしまう不安があった。

重要なのはみずからが定めた使命ではなく、ゾベル人がその遺産にこめた警告を生かすことだ。

女帝はドラクリオチに〝複線文明〟とでもいうべき現象をもたらした。

その文明は、ひとつには惑星上の進化の結果であり、同時にまた、女帝がもとめる、衰退とカタストロフィから守られたあらたなゾベル文明でもあった。

クリスタル構造物と魚類の末裔がドラクリオチで築いた連合は、部分的にティオトロニクスの本質をうけつぐ女帝が自身の目的を実現しようとしなければ、ほかの知性体にとって意味を持つことはなかっただろう。

だが、システムに内在する要素が、孤立を許さなかった。情報をともなったプライアー波は、どこかでべつの文明に出会い、影響をあたえた可能性があった。

その文明は、ケルセイレーンと違い、女帝の保護をうけていない。超越知性体は狼狽した。どこかでソベル人の惨劇がくりかえされるのを防ぐためには、勢力圏を拡大するしかなかった。勢力圏がひろがれば、保護できる知性体も増えることになる。目的をはたすためには、徹底的に拡大するしかない。

それがテルムの女帝の出した結論だった……

テルムの女帝の歴史

過去Ｖ

聖杯の母モイクリナは強い放射力を持った、美しく知性的な女性だった。その放射の強さは、庭で育つ植物の多様さにあらわれていた。

聖杯の娘ドナティアは、いつか自分も小屋のまわりの花にあれほどの影響をおよぼせるようになるのだろうかと、悲しげに考えた。モイクリナの域には、たぶん到達できないだろう。

モイクリナの小屋は村の中心からややはなれて、空から伸びる〝女帝の腕〟のすぐそばにあった。だから聖杯の母は、いつでも緊密に女帝と連絡がとれる。

ドナティアは小径に足を踏みいれた。それは庭を通って、モイクリナの小屋につづいている。無数の花の香りに、ゆったりした気分になる。美味な果実もたくさん実っていた。モイクリナはいつもたっぷりの収穫をあげ、その大部分を、収穫の乏しい人々に分けあたえた。

巨大な枝と苔と大きな葉にかこまれた、ドラクリオチにあるほかの小屋ととくに違ったところのない小屋の前で、ドナティアは足を止めた。

六本指の手で、胸にさげたクリスタルに触れる。いつの日か自分の力をしめして、モイクリナがさげているような大きくてすばらしいクリスタルを手にいれ、聖杯の母になりたいもの。

それがドナティアの秘密の夢だった。

「モイクリナ」と、しずかに呼びかける。

「おはいりなさい」柔らかな声のあと、決まり文句がつづいた。「聖杯の母の小屋はすべての人に開かれています」

ドナティアは招きに応じて、なかにはいった。

モイクリナのクリスタルが薄明のなかにあらわれ、聖杯の母が戸口の向こう、長方形の光のなかに姿を見せた。

モイクリナは堂々としていた。

たいていのケルセイレーンよりも大きくて強く、長い上半身は細く柔軟だ。人間がその姿を見たなら、身長一・六メートルの直立した魚だと思うだろう。尾びれは短くなり、脚は人間に似ていなくもない。胸びれから進化した腕は短く、手には指が六本あって、うち二本がおや指に相当する。

どのケルセイレーンもそうだが、モイクリナの頭もちいさく、脳の発達で上のほうが盛りあがっていた。頸には脳に類似した独特の器官があり、それを使って誘惑信号を発することができる。槍状の、直径二十センチメートルほどの器官だ。ほかの部分は全身が白い鱗におおわれているが、その器官だけは輝くような鮮紅色だった。アンテナとして働く扇形の部分は、虹色にきらめいていた。

ドナティアは聖杯の母に見とれていて、モイクリナが自分からいいださなければ、本来の用事を忘れてしまうところだった。

「なにか用があったのですか、娘よ？」

「バルロなんです！」ドナティアはわれに返って答えた。「ご存じでしょう、村の反対側に住んでいる、小柄で怠惰な男です。怠けてばかりで、庭は雑草だらけです。近所の女性数人が食べ物を分けあたえていますが、感謝するでもないようで、先日の夜にはヴェヤの庭にはいりこんで、クジョの木の実を盗んでいきました」

モイクリナは村人全員を知っていた。もちろんバルロのことも。

つい愉快な気分になり、自制する。聖杯の母の慈愛は、平等でなくてはならない。ずっと前にバルロに接してわかったのは、かれが悪人ではなく、ただ、ちょっと反抗的なだけだということだった。

「泥棒です」ドナティアは怒っていた。「罰をあたえなくては」

「そうですね」モイクリナはおだやかに同意した。「どうしてすぐに、バルロが犯人だとわかったのです？」

「それは……痕跡をのこしていたんです！」

「バルロはおろかではありません。その気になれば、痕跡など消せたはず」

「ずうずうしいやつで、犯行を見せつけているんです！　罰するべきです」

「そうですね。話をしてみましょう。いっしょにきますか？」

「はい、聖杯の母！」

モイクリナとドナティアは小屋を出て、村の中央広場を横切った。そこには女帝の輝く腕がある。

ふたりは儀礼どおり足を止めた。胸にさげたクリスタルと、空から伸びている腕のあいだに、ちいさな光の橋がかかった。

女帝の温かい慈愛に満たされて、ふたりはふたたび歩きだした。

村人たちの手いれされた庭の横をとおり、バルロの小屋につく。

そこにあるのも庭には違いないが、みじめなものだった。落ち葉は長いこと放置され、苔はぼろぼろ、入口の上には低く枝が垂れ、まだ小屋を支えていられるのが不思議なくらいだった。

周囲の庭とくらべると、バルロの庭は荒れ地のようだ。花のために雑草をぬくことさえしていない。

バルロは朽ちた幹に腰をおろし、女性ふたりの姿を見ると、クジョの種を地面に吐き捨てた。

ドナティアは思わず足を止め、息をのんだが、モイクリナは男の無礼なふるまいを無視した。

「挨拶します、バルロ」と、親しげに声をかける。

「やあ、聖杯の母！」男はなげやりに挨拶を返した。

モイクリナは手いれされていない庭に目を向けた。

「気分はいかが、雑草の王？」

「上々さ、聖杯の母」鯉のような口のなかでふたつめの種を探り当て、吐きだす。種はモイクリナの足もとに転がった。

「幸せで満足のようには見えませんね、バルロ」聖杯の母は平然としている。「ケルセイレーンの賢さは庭を見ればわかるという言葉を、聞いたことはありませんか？」

「おれはご近所の幸福と賢さだけで満足なんだ」バルロが狡猾《こうかつ》に答える。

反論しようとしたとき、モイクリナはクリスタルに女帝の呼びかけを感じた。ほかのふたりもしばらくして、ようやくそれを感じる。

「話はあとです」聖杯の母がいった。「女帝がお呼びです。腕のまわりに集合しなくてはなりません」

すべての小屋からケルセイレーンが出てきて、村の広場に向かいはじめた。

「先に行きます」と、モイクリナ。「聖杯の母が遅れるわけにはいきませんから」

モイクリナにはこの呼びかけが、ここの村人だけでなく、ドラクリオチのケルセイレーン全員に向けられたものだとわかっていた。

まもなく聖杯の母と聖杯の娘たちをはじめ、村の全員が女帝の腕のまわりに集まった。

モイクリナは、女帝はなにを伝えるつもりなのだろうと思った。

＊

女帝の命令は明確だったが、モイクリナは頭を悩ませた。

ケルセイレーンは、心の力を使って果実を育てるようになる以前、誘惑信号の力で食糧を調達していた。

いまではその力は、危険な動物を罠に誘いこむときにしか使われない。

女帝はすべてのケルセイレーンに、その力を宇宙に向かって放射するよう命じた。

理由はモイクリナにもよくわからなかったが、女帝の指示ははっきりしたものだった。

テルムの女帝の歴史

創世 Ⅶ

あるとき、チョールクの宇宙船がテルムの女帝の星系近くをとおりかかった。

乗員は惑星ドラクリオチのケルセイレーンがはなつ誘惑信号を感じ、ひきよせられた。

艦長は第三惑星に着陸するよう命じた。

チョールクが艦から出ると、すぐケルセイレーンがあらわれて、全員の頸にテルムの女帝のクリスタルをかけた。

チョールクは影響をうけやすいが、たよりになる種族とわかった。

女帝はこの種族を親衛隊にすることに決めた。

最初の艦の着陸で、勢力拡張の基盤ができた。それから数千年のあいだに、ケルセイレーンはくりかえしチョールク艦をテルムの女帝の星系におびきよせ、やがて数十隻が女帝のクリスタルを僻遠の惑星に運びこんで、そこを女帝の版図とした。

ソベル人の惨劇がくりかえされるのを防ぐため、テルムの女帝は貪欲に版図を拡大した。

こうして、女帝の力の集合体が確立した。

だが、ある日、テルムの女帝は版図としている、力の集合体のすみずみから集まってくる情報のなかに、気落ちする発見をした。

多数の人々を支配している存在は、女帝だけではなかったのだ。

版図の境界が、べつの超越知性体の版図にぶつかったのである。

相手はまったくべつの理由で版図を拡大していて、テルムの女帝の動機を理解しなかった。

しかも、ライバルはその相手だけではなかった！

宇宙には多数の超越知性体がいて、それぞれに力の集合体を持ち、それぞれの理念を実現しようとしていた。

女帝は自身の帝国を防衛し、干渉があれば対抗しなくてはならなかった……

過去 Ⅵ

チョールク艦六隻から成る艦隊の指揮官であるホプザールは、最初から任務の目的を知らされていなかった。信頼されていないことに怒りをおぼえる。

テルムの女帝はホプザールの抗議を無視した。

それでも、胸のクリスタルのせいで、最終的にひきうける以外の選択肢はない。

六隻の艦にチョールク三千人が乗りこんだ。作戦参加者は女帝がみずから選抜した。その事実と航行距離から、女帝がこの作戦の成功をどれほど重視しているかがわかる。

旗艦にはコンプが設置された。女帝の謎の装置のひとつで、チョールクには理解できない原理により、支配者と接続されている。

ホプザールは帰還を期していなかった。距離が膨大すぎるのだ。

それほどの負荷に耐えられる艦は存在しない。

目的ポジションに到達するころには、エンジンは焼きつき、乗員は年老いて、死はもう目前だろう。

チョールク宙航士は帰還できないが、女帝には必要な情報がすべてとどく。そのためにコンプがあるのだから。

ホプザール自身は、目的ポジションの座標を把握も処理もできなかった。チョールクの宇宙観では無限に向かって一直線のようなコースに、不安をおぼえるばかりだ。

だが、コンプはこの座標を処理し、六隻のたどる航路をプログラミングした。

＊

長旅の途上、ホプザールはどこかで完全に時間の観念を喪失した。なにも動かず、なにも変わらず、超光速飛行をつづける艦内の変化のなさは、まるで悪夢だった。

胸のクリスタルがなかったら、乗員全員、発狂していただろう。

二隻が脱落していた。故障し、近くに居住可能惑星を探すこともできないまま、放置された。

ほかの四隻に乗員を移乗させることも、コンプが拒絶したため、できなかった。生存者が必要とする備蓄の量を考えれば正当な判断だったが、ホプザールはすでに合理的な思考ができなくなっていた。

だから、コンプを憎みはじめた。

さらに長い年月のあいだに艦は一隻また一隻と失われていき、ついにはホプザールが指揮する、コンプを搭載した旗艦だけが航行をつづけた。

チョールクたちは年老いたが、ホプザールの胸の炎は燃えつづけ、それは部下たちにも伝わって、全員を生きのびさせた。

ホプザールは、このばかげた航行の理由を知るまで、死ぬつもりはなかった。

部下たちは艦長が何時間もコンプのそばの床にすわりこみ、虚空を見つめる姿を見かけていた。

旅が長びくほどに、ホプザールがコンプのそばにいる時間も長くなった。年老いて幻想をなくしたチョールクの、希望のない皮肉な休息だった。それを見ていて、副長が気づいた。はっきりとは指摘できないものの、艦長はどこかコンプに似てきている、と。

「まるで兄弟のようだ」と、そのチョールクはいった。

*

旗艦の乗員も死にはじめていた。ただ、年齢を考えれば、死ぬにはやや早いと思えた。

ホプザールは、部下の死が精神状態に密接に関係していると考えた。死んだ者たちは、それ以上生きつづける意味を見失っていた。もう未来はないと考え、生きるのをやめてしまったのだ。

艦長は内心、この状況にコンプが関係しているのではないかと、疑念をいだいていた。

任務の意味はいまだに秘密のままだが、チョールクがテルムの女帝のためにつくした努力を考えれば、女帝にとってとてつもなく重要なことだと見当はつく。

とはいえ、目的ポジションは女帝の支配範囲からはるかにはなれている。ホプザールはくりかえし、この航行と超越知性体はどう関係するのかと考えつづけた。

チョールクにとって、目的宙域は宇宙の果てといっていい。コンプの力がなかったら、とてもたどりつけないだろう。

はるか未来においてさえ、テルムの女帝の力の集合体にはなりそうにないところだ。単純に、遠すぎる。

だが、クリスタル構造物の行動には理由があるはず！　ホプザールは考えつづけた。

そして、理由を考えるたび、生きているうちにわかる日がくるのだろうかと思った。

航行はつづき、コンプは機能の衰えた艦で正しいコースを維持するため、ますます苦労するようになった。艦が爆発したり、恒星の重力圏につかまったりする危険も増加していた。

乗員の半数が死にたえたころ、十一個の惑星を擁する星系がスクリーンにうつしだされた。

なかば無意識状態で作業に当たっていたチョールクたちは、目的星系に到着した、第四惑星に着陸の準備をせよというコンプの声にも、ほとんど無反応だった。

それでも艦長だけは無気力状態を脱した。

これでようやく、宇宙の反対側にあるようなこの星系に、テルムの女帝が遠征隊を送りこんだ理由が判明するのだ。

*

その惑星にもかつては酸素大気があったらしいが、それはとっくの昔に宇宙に逃げ、それとともに動植物も死にたえていた。

惑星は不毛で、風化した荒野がひろがるばかりだった。

ホプザールは副長とともに着陸場所をはなれ、背後の低い丘の上を飛びながら、この世界のようすにゆっくりと失望を感じはじめていた。

「着地しよう」ホプザールがいった。

重防護スーツを装着したチョールクふたりは、ロボットのようだった。ホプザールは背中の飛翔装置を切り、ベルトから器具をとりだした。それを地面に置いたり、岩屑につきさしたりする。測定結果はすべてコンプに直送された。

「ここでなにをするんです？」副長がたずねた。「こんな不毛な惑星を調査するために、あれだけの長旅をしてきたんですか？」

ホプザールは宇宙服の透明なヘルメットごしに副長を見て、自分にその理由が説明できたらいいのにと思った。なにもかもが、この件に関わったチョールク全体を巻きこんだ、おおがかりな欺瞞だったような気さえする。

「三千人近くが命を落としたのは、なんのためです？」副長がつづける。「女帝はなんのために、こんな無意味なことを？」

「われわれには無意味に思えても、女帝にとっては非常に重要なことかもしれない！」

これが相手に皮肉と聞こえるかもしれないことはわかっていた。

つづく日々のあいだ、ホプザールはつらい気分で、最後に生きのこった部下たちをコンプの指示する作業にあたらせた。

コンプはチョールクの気分など斟酌《しんしゃく》せず、計画どおりに不毛な世界の調査をおこなった。

着陸から八日め、コンプはロボットの作業グループの派遣を命じた。

遠くの丘で発掘作業をおこなうためである。

なにか発見できると思っているのか？

ホプザールは宙航士の生きのこりとしてひとりだけ艦を出て、ロボットの作業を観察した。

一時間もしないうちにおおきな穴ができたが、掘りだされたものは石と土だけだった。

艦にもどったとき、惑星は夜になりかけていた。ロボットたちはひきつづき作業をおこなっていた。

艦内にチョールクの姿はなく、テレカムでもどってこいと呼びかけてみたが、応答はなかった。

艦長の意識は澄みきっていて、完全に孤独になった絶望さえ感じなかった。艦内のコンプ設置場所に行き、胸のクリスタルで接続する。

「これからどうなる?」艦長はたずねた。

「時がくれば、ロボットがわたしを運びだす」と、コンプ。

「艦から出ていくのか? この惑星に腰をおちつけると?」

塔状構造物は黙りこんだ。

「ここはどこなんだ?」ホプザールはさらにたずねたが、答えは期待していなかった。

「なぜここにきた?」

コンプ内部のクリスタル構造物が輝きはじめた。光がホプザールの胸のクリスタルをつつみこむ。ホプザールは胸のクリスタルをひっぱるような力を感じた。

部下たちがどこに消えたのかが、ぼんやりとわかった。

無感覚だった心に、ふたたび反抗心が湧きあがった。

「これはどういうことだ? わたしをどうするつもりだ?」

「テルムの女帝から出たものは、すべて女帝に還る」と、コンプ。

ホプザールは背を向けようとしたが、四肢がいうことを聞かなかった。胸のクリスタルが光の粒となってひろがっていくように思える。

「やめろ!」

クリスタルの光の粒がホプザールをつつみこみ、いっしょに消えていく。それはまるでコンプに吸収されていくかのようだった。

コンプはさらに数日間、艦内にとどまっていたが、やがてロボットがもどってきて、外に運びだした。そのまま掘削の現場まで運んでいく。

コンプはそこに設置された。

さらに多くの日数を費やして、可能なかぎりすべての情報がコンプにたくわえられた。報告はすべて、コンプがその一部である、超越知性体に送られた。

テルムの女帝の歴史

創世 VIII

テルムの女帝の処置の正しさをしめす証拠は、コンプの報告によってもたらされた。ブロストは死の星になっていた。チョールクの装置では、生命が死滅した時期を特定することはできなかった。

ソベル人はもういない。

女帝は責任をひきうけた。

とはいえ、緊迫した事態は、超越知性体にもかんたんに解決できるものではなかった。ほかの超越知性体だけでなく、女帝がかかえる内部問題もある。

多極化した宇宙では、超越知性体といえども熟慮が必要だった。正しいことをするには、不正な存在をうけいれなくてはならない。そうでなくては、自分の正しさを評価できないではないか。

最後まで熟考して、これがもっともうけいれにくい思考だった。ほんとうに宇宙全体を力の集合体におさめることができれば、すべては女帝の意のままになる。

ここで超越知性体の思考の連鎖にも矛盾が生じた。

不正な存在を認めるのは、テルムの女帝の〝外〟に、あるいは〝上〟に存在するものを想定するということだった。

当然、この考察は女帝の意識に重大な危機をもたらした。

その矛盾を、女帝は唯一可能な方法で解決した。自分はこれからも進化し、遠い未来に、進化した自分がその矛盾を解決すると考えたのだ。

これはおおいなる自己欺瞞だったが、これによりテルムの女帝は、ふたたび前に進むことができるようになった。

人類 Ⅵ

《ソル》中枢の面々は、わかっているデータと情報から、テルムの女帝の姿を描こうとした。さまざまな理論が提唱されたが、成功したとはいえなかった。トバールグ、フェイヤーダル人、チョールクとの接触を通じて、人類はこの超越知性体について多くを学んでいた。ペリー・ローダンには、なぜテルムの女帝の姿が判明しないのか、理解できなかった。

どうすればうまくいくのか、と、自問する。

ローダンが相談した科学者たちのなかでもっとも理性的な回答をしたのは、天文部門の《ソル》生まれのひとりだった。

「テルムの女帝ですか？　知覚能力という意味での規則を厳格に守る、閉じたシステムです！」

そのシステムの外観と機能は？

ローダンは精神存在である〝それ〟との、数多い接触のことを考えた。ケロスカーの見解では、〝それ〟もまた超越知性体で、人類はその力の集合体に属している。

そんな〝それ〟のことを、人類はどれだけ知っているだろう？

〝それ〟とテルムの女帝に関係はあるのか？

本来のポジションから移動してしまった地球は、まだ〝それ〟の力の集合体内にいるといえるのか？

この疑問は執拗にローダンにつきまとった。ローダンはいま、司令室に近いラウンジで、めずらしく休息をとっていた。

近くのテーブルには数人の乗員がすわっているが、ローダンはほとんど目を向けなかった。かれら《ソル》生まれがローダンの存在に気づかず、質問攻めにしてこないことがありがたかった。

ローダンはこの種の無関心にしばしば出会っていて、それが《ソル》生まれの礼儀正しさのせいばかりでないことにも気づいていた。

テラナーとソラナーは生まれた場所が違うため、多くの点でべつべつの人類になっていた。たがいに相手を尊重しあってはいるが。

そこにアルコン人アトランが、若いミュータントのブジョ・ブレイスコルを連れてはいってきた。ローダンの休息時間は、どうやらこれで終わりらしい。

ローダンは賞讃の目で、赤と褐色まだらの猫男の、体重を感じさせないしなやかな動きを眺めた。若者の目を見れば、いつものように感覚すべてを使って、周囲の気配に注意しているのがわかる。

アトランはローダンのテーブルの前で足を止めた。

「人々のあいだに紛れこむなら変装をすべきだな。そうしないと、船内のほんとうの雰囲気は感じとれないぞ」

ふだんならアトランの皮肉なコメントなど聞き流すのだが、いまのローダンはすこし短気になっていた。

「父の王座をもとめてその戦略を使ったアルコン人の水晶王子のことなら、知っています」

「こんにちは、ペリー・ローダン」ブジョ・ブレイスコルがいった。

そのおだやかな挨拶が、ローダンとアトランのあいだの緊張を一瞬でおさめた。

「やあ、ブジョ」ローダンがいった。「ミュータント部隊ではうまくやっているか？」

「あの人たちの仲間になれるなんて、すごい経験です」

「母親のことを忘れないように！」と、ローダン。

「しょっちゅう会っています」ブジョが答えた。

「テルムの女帝の件で話があるのだ」アトランが口を開いた。

「どんな話です？」

「ブジョは超能力でモジュールのポジションをつきとめた。テルムの女帝の居場所や性格も、到着する前にわかるかもしれない」

ローダンはブレイスコルをまじまじと見つめた。

「なにをすればいいのかはわかっています」と、ブジョ。「宇宙はぼくの意識のなかで揺れていて、でも、その合唱には異常なところはなにもありません」

「過大な要求になるかもしれない」と、ローダン。

「目的ポジションはまだ遠い」アトランが口をはさんだ。「ブジョなら、《ソル》の探知機よりもずっと早く、テルムの女帝を感知できるはず」

ローダンは考えこんだ。アトランは誤った推論におちいっているように思える。テルムの女帝は、探知機がとらえられるような形態なのかどうかも不明だった。〝それ〟もこれまで精神的な接触しかしてきておらず、計器で探知できたこともない。

ブジョの超能力にも限界はあるはずだった。

「ぜんぶのインパルスに目を光らせて、異常があったらすぐに司令室に報告します」猫男がいった。

「わかった」と、ローダン。「ひとりで対処できないことがあったら、ミュータント部隊に応援をもとめるんだ。フェルマーとよく相談して進めるように。ミュータントのなかでいちばん経験が長いし、きみの能力をどう使えばいいか、助言できるはず」

ブジョは独特の笑みを浮かべた。

「前はグッキーが力になってくれました」

「グッキーにばかりたよるのはよくないな」

「とても親切なんです」

ブジョはなにかの信号でもとどいたかのように、いきなり背を向けて歩み去った。

ローダンとアトランはその姿を見送った。

「あの態度は驚くにあたらない」アトランがいった。「猫の特性だな。気が向いたことには熱中するが、興味がないとさっさと行ってしまう。言葉でひきとめるのは不可能だ」

ブジョの姿がドアの向こうに見えなくなった。

「それはどうでしょうか」ローダンが考えながらいう。

「なんだって？」

「自由を束縛されたり、急になにか思いついたりしたから出ていったのではありません。話のなりゆきが気にいらなかったんでしょう」

アトランはかぶりを振った。

「知っていることは話すはずだ」

「はっきりしたことはわかっていなくて、われわれを混乱させたくないのかもしれません。いずれにせよ、テルムの女帝に関して、なにかかくしていると思います」

アルコン人は疑わしげな顔になった。

「なぜいいきれる？」

「こういうことには勘が働きますから」

「グッキーとフェルマーに、ブジョの思考を探らせるか？」

「だめです！　ブジョは必要ですし、最終的には信頼できると確信しています。疑われ、見はられていると感じたら、あのメンタリティでは耐えられないはず。能力のおおきな阻害要因になるでしょう。そうなったら、だれにも助けられません」

アルコン人は納得した。

ローダンはもう一杯コーヒーをとりだし、テーブルごしにアトランに勧めた。

アトランはあいていた椅子に腰をおろした。椅子はすぐに体形にあったかたちになった。

「きみのおごりか？　もちろん、いただくが！　それとも船長は飲料代をはらわなくてもいいのかな？」

「それはセネカとわたしだけの秘密です」ローダンはにやにやしながら答えた。

だが、すぐに真顔にもどり、

「地球の座標がわかるという希望がなかったら、とっくに航行をあきらめていたでしょう」と、アトランに告白。

「古い戦友には、そんなことをわざわざいう必要はない」

「いま反転を命じたら、どうなるでしょう？」

「それはどういう意味だ？」

「まだひきかえすことができるのかということです」

テルムの女帝の歴史

過去Ⅶ

テルムの女帝の故郷星系からべつの惑星にクリスタルを輸送するため、親衛隊の一団がスタートして以来、クレノチはずっと、女帝は物資の損耗をどう思っているのかと考えていた。

すくなくとも数十隻のチョールク艦が、女帝の力の集合体内にあるあちこちの惑星につねに派遣されているのだ。

女帝の〝本体〟は惑星ドラクリオチの上空をすっぽりとおおっていた。あちこちにおおきな開口部があって、面積ではおおわれている部分のほうがすくない。材料物資が無尽蔵にあるわけではないのだ。

クレノチは疑問が頭からはなれず、ついに答えを見つけることを決意した。輸送部隊の指揮官だったので、女帝の故郷星系にいるほかのチョールクよりは、行動の自由も大きかった。

その自由を利用して、謎を解くことにしたのだ。

クレノチはひとりで、クリスタルを積みこむ前の艦内にはいった。ロボットが女帝の本体からとってきた破片を艦に運びこんでいるあいだに、その積載場所を調査する。

そこに行った理由は、あとでなにか口実を設けるつもりだった。

クレノチが輸送部隊を指揮するようになってから、クリスタルが同じ場所に二度運ばれたことはない。

積みこみが終わり、スタート準備が整うと、クレノチは司令室を出て自分の艦にもどった。

もうひとつ、それほど頻繁ではないものの、くりかえされている作業がある。クレノチはそれについても考えていた。

テルムの女帝はときおり、本体から採取した、輝きを失ったクリスタルを積みこんだチョールク艦を、第四惑星のルーグ＝ピュアに派遣した。

クレノチは輝きを失った破片の秘密を知らなかったが、なにか意味があるはずと考えていた。そうでなければ、女帝がわざわざ運ばせるはずがない。

この〝暗い〟クリスタルの輸送はべつの部隊が担当していて、作業に関してはきびしい箝口令《かんこうれい》が敷かれていた。

嗅ぎまわったりすれば注意をひき、女帝の故郷星系から放逐されるかもしれなかった。

そのため、行動は慎重にする必要があった。

調査の機会は意外に早く訪れた。積みこみ作業中にロボットが一体故障し、もどってこなかったのだ。

ロボットはクリスタル構造物のなかで動かなくなり、女帝は最初無視していたものの、そのあとじゃまになったらしく、ロボットを回収しろとの命令があったのだ。

クレノチは内心、快哉を叫んだ。

日ごろの精勤が認められ、回収部隊の指揮官に任命されたのである。

チョークルクを乗せた小型艇が現場に向かった。

二体のロボットが、動かなくなった仲間を、クリスタルの枝のあいだから慎重にひきずりだす。クレノチが周囲を調べる時間は充分にあった。

状況はひと目でわかった。

クレノチの長年の疑問は、クリスタルが欠きとられ、そこにあらたなクリスタルが成長してきているのを見て、すべて解消した。欠けた部分はまだ完全には再生しておらず、それには何年もかかるのだろうが、〝若い〟枝ははっきりと認識できた。

女帝のこの再生能力は、衰えることがないらしい。

女帝自身が無尽蔵の資源だったのだ。充分な時間があれば、全宇宙の有人惑星にクリスタルを設置できるのである。

クレノチはこのことを知って、暗い深淵の縁に立っているような気分に襲われた。

めまいがして、思わず胸のクリスタルを握りしめる。

任務が終了したあと、クレノチはコンプの前に出頭するよう命じられた。

次の輸送船で、はるか遠くの世界にいるチョールクの一団に合流せよとのことだった。

この配置転換は勝手な調査をしたせいなのかという質問に答えはなかったものの、クレノチはこの処置に、とくに不満はおぼえなかった。輝きを失ったクリスタルをルーグ＝ピュアに運ぶのはなぜか、という内心の疑問から、自由になれたのだから。

テルムの女帝の歴史

現在

テルムの女帝の精神能力は、長らく充分に活用されていなかった。力の集合体の管理、つねにはいりつづける情報の評価、バルディオクとの交渉中の緊急処置などが女帝に重くのしかかり、人類の船の接近は、副次的な問題でしかなかった。

《ソル》の到着は、女帝にとっては、日常的な無数の瑣事のひとつだったのだ。人類は女帝の目には、ほかの多くの宇宙航行知性体とたいして違わなかった。人類に関する女帝のこれまでの経験からすれば、この反応は正しかった。

その後、評価をあらためるべき要素はたくさんあったが、女帝は知らなかった。これは女帝の能力の欠如をしめすものではない。来訪者を評価しなおす必然性がなかったのだ。

バルディオクとの対立が先鋭化するなか、テルムの女帝はすべての事象を、目前に迫った交渉に関連づけて理解した。人類もまた、バルディオクとの関係のなかで、どう利用できるかという点から判断された。

バルディオクとの戦いはあらゆる前線で起きており、すべてが有利に運んでいるわけではない。

すぐに埋めなくてはならない、戦線の穴もあった。

これまでは超越知性体間の小競《こぜ》りあいが数回あった程度だが、下位平面の各所で戦闘が激化する兆候が見えていた。

テルムの女帝が人類の評価を誤ったのは、ある意味で不可避の事態だった。

この誤りが超越知性体にも予見できない発展の芽となるのだが、それがわかるのはずっとあとのことだ。

テルムの女帝の歴史は、それを知る者にとっては、閉じた輪になっている。

だが、人類との出会いにより、このユニークな存在の創世は、そのクライマックスを迎えることになる……

人類 Ⅶ

ブジョ・ブレイスコルがまだ口にできずにいる秘密は、《ソル》内部にあった。赤と褐色まだらの猫男は自分のキャビンにもどり、閉じこもった。ひとりになりたかったのだ。ほかのミュータントも母親も、いまのかれの力にはなれない。だが、ブジョは完全にとほうにくれていた。

その気分が反転して、絶望に変わる。

ふだんはけっしてそんなことはしないのに、ブジョは部屋のなかを歩きまわった。ローダンの信頼を裏切ったら、どうなるだろう？

いくら頭をしぼっても、なんの解決策も浮かんでこなかった。

耐えかねてキャビンの外に出ると、ジョスカン・ヘルムートのメンタル放射を感じた。《ソル》生まれのスポークスマンは、ロミオとジュリエットのロボット・ペアの検査を終え、SZ＝1の上部デッキにもどってきたところだった。これから《ソル》のサイバネティカーを集めた専門会議があるらしい。

ブジョは反重力シャフトのなかに浮遊するヘルムートの姿を思い浮かべ、会議場に到着する前につかまえられるチャンスはどのくらいだろうと考えた。

急げばうまくいくかもしれないが、ブジョがいるのは《ソル》の中央本体だ。ミュータント部隊に配属されてから、ブジョはほかのミュータントたちと同じく、中央本体の居住デッキで暮らしていた。

バランス感覚が鋭いブジョは、反重力シャフトが嫌いだった。だが、ヘルムートのところに行くには、途中どうしても反重力シャフトを使わなくてはならない。

若いミュータントが目的地に到着するのに要した時間は、四分弱だった。ふつうの乗員ならその四倍はかかる距離だ。

SZ＝1の上部デッキにある一通廊の端で足を止めたときには、さすがのブジョも息を切らしていた。そのままヘルムートがあらわれるのを待つ。

サイバネティカーの思考は、すぐ近くだった。

思考内容はまったく無害なものだ。

もしかすると、自分の役割を自覚していないのかもしれない。

ヘルムートが反重力シャフトから出てきた。ブジョを見ると、すぐに親しみの感情が伝わってきた。その感情はまちがいなくほんものだ。

「ブジョ！」ヘルムートが呼びかけた。「ここで会えるとはうれしいな。ラレエナのところに行くのか？」

瞳孔が縦長のグリーンの目は、ヘルムートの上からはなれない。

「あなたに会いにきたんだ！」

ヘルムートはうなずいた。

「なにか問題があって、相談したいのか？」

「うん」もうすこしで〝あなたが問題なんだ〟といってしまいそうだった。

「話を聞こう」

ブジョはあたりを見まわした。

「じゃまされずに話ができる場所はある？」

「そうだな……」ヘルムートはちいさく肩をすくめた。「わたしはどこでもいい。インフォ・ルームに行こうか」

仕切られたキャビンで向かいあわせに腰をおろす。ブジョは非現実感にとらわれた。ヘルムートの思考を読んだだけでは不充分だと思ったのだ。本人の口から話を聞かないと。

「なにかが気になっているようだな」ヘルムートがいった。「仲間とうまくいっていないのか？　ちょっと考えられないが。ミュータント部隊の面々は、全員、きみが好きだからな」

ブジョは低いうめきを漏らした。

「基本的な話がしたいんだ」とうとうそういった。「テルムの女帝について」

ヘルムートは笑い声をあげた。

「なんとまあ！　どこに行っても超越知性体の話でもちきりだな」その目がすっと細くなった。「なにか知っているのか？　存在が感じられる？」

猫男は相手を見つめ、緊張に身震いした。

「おい、ブジョ！」ヘルムートはうろたえた。「どうしたんだ？　気分が悪いのか？」

ブジョは急に、キャビンがせまくて息苦しいと感じた。ブラインドをあげ、外に跳びだす。

ヘルムートはまちがいなく、本人の意図に反して、事態に関与していた。だが、それを自覚しているのかどうかはわからない。

どうすれば助けられるだろう、と、ブジョは自問した。

サイバネティカーがキャビンから出てきた。正面の壁にインフォ・フィルムが映写されている。すぐ近くのべつのキャビンで、だれかがブジョとヘルムートのたてた騒音に文句をいった。

赤と褐色まだらの猫男はヘルムートに合図し、通廊を進んだ。サイバネティカーはそのあとにしたがう。

「態度がおかしいぞ」ヘルムートが憤然といった。

「なにか知っているが、わたしには話したくないということか」

「くるべきじゃなかった。いまのぼくには、なにもできない」ブジョは悲しげに答えた。

背を向けようとしたが、ヘルムートが近づいてきて、ブジョの腕をとった。

「感じるんだな？　テルムの女帝を？」

「そうじゃないよ」ブジョは疲れた口調で答えた。「見えるんだ」

腕を振りほどき、走りだす。ヘルムートに追いつけるスピードではなかった。

そのあと《ソル》中央本体で足を止めたとき、ヘルムートの驚愕の表情は、まだ目に焼きついていた。

サイバネティカーが間接的にテルムの女帝に操られていることを、本人に伝えたほうがよかったのだろうか。

真相を知ったらヘルムートは、ブジョの無二の親友は、自分の命を絶つだろう。ヘルムートはこの船を愛していて、そこに生まれた人々を代表する責任を感じている。《ソル》生まれの身に危険を招いたと知ったら、絶対に自分を許さないだろう。

ブジョにはこのジレンマから脱出する方法がなかった。

これからはジョスカン・ヘルムートを避けなくてはならない。親友の瞳のなかにちいさなテルムの女帝の姿を見るのは耐えられないから……

＊

ドブラクはセタンマルクトが船載ポジトロニクスのセネカと融合している部屋に、ケロスカー全員を集めた。

「やはり予想したとおり、船はまもなく目的ポジションに到着する。われわれは《ソル》を去り、故郷世界を訪れる」

仲間たちに自分と同じものが見えていないのはわかっていた。それでも、言葉は信用するはず。六つのパラノーマル隆起が脈動しているのだ。それだけで、決定的な事態が近づいているのは明らかだから。

「人類は、それと意図せずに、われわれの故郷であるバラインダガル銀河を消滅に導いた」と、ドブラク。「だが、忘れてならないのは、この事態の真の責任者が公会議の最上層部だということだ。人類には感謝と友情しか感じない。人類がいなかったら、われわれ、ここまでたどりつくことはできなかった」

仲間たちを見わたす。

そこに見える数値の列は秩序正しく、期待に満ちていた。

「それでは、準備にかかろう」ドブラクがいった。

＊

三五八三年四月十一日、《ソル》は目的ポジションに到着した。
テルムの女帝のもとに。

あとがきにかえて

嶋田洋一

〝おばあちゃんの原宿〟として有名な巣鴨と、ＪＲ山手線のとなりの駅である駒込のあいだに、「六義園《りくぎえん》」という庭園公園がある。

五代将軍徳川綱吉の側用人だった柳沢吉保（テレビ時代劇「水戸黄門」で山形勲が演じていたのが印象に残っている。悪役だったけど）が造った庭園で、パンフレットによれば「回遊式築山泉水の大名庭園」とのこと。

〝六義〟とは詩歌（この場合は和歌）の六分類のことだそうで、園名はもともと〝むくさのその〟と呼ばれていたが、現在は〝りくぎえん〟が正式な呼び名になっているのだそうだ。

明治になって三菱財閥の創業者、岩崎彌太郎の別邸となり、昭和十三年に東京市に寄贈され、国の特別名勝に指定されている。

二つの築島を配した大きな池を中心に、周囲には桜や松、椿、辛夷《こぶし》、紫陽花《あじさい》、萩、紅葉などが植えてあって、四季おりおりの花が楽しめる。都内でも屈指の、いわゆる〝都民の憩いの場〟だ。

さて、今年の春はえらいことになってしまった。

三月十一日の東日本大震災（という名称に決まったようだ）のあと、福島原発から放射性物質が漏洩し、核燃料は今もまだ冷却が完了しないままだ。

このまま福島原発を無事に封印できたとしても、発電量が元の水準に戻るには数年以上かかるだろう。

東京電力管内ではすでに供給電力が不足していて、ずっと節電が呼びかけられている。暖かくなってきて輪番停電はしばらくおこなわれていないが、夏を考えると憂鬱を通り越して、恐怖である。

都からは、夜間に煌々と照明をつけての花見はやめてくれとの呼びかけがあった。警備の人員や仮設トイレを地震と津波の被災地に送っているため、物理的に対応できないという理由もあるらしい。

石原都知事は、「桜が咲いたからといって、一杯飲んで歓談するような状況じゃない」「今ごろ、花見じゃない。同胞の痛みを分かち合うことで初めて連帯感ができてくる」などと語ったと報じられ、都内での花見を禁止しそうな勢いだった。

一方、被災地周辺からは「お酒を飲んで花見をしてください」と酒造りの蔵元からアピールがあるなど、景気が停滞して復興が遅れることへの危機感をにじませたニュースが伝わってきた。

どちらの考え方が正しいか、ということを問題にする気はないが、被災地の復興を考えるなら、個人的には、今は蓄えを取り崩してでも消費に回すべき局面ではないかという気がする（あくまでも個人の認識で、みんなそうすべきだと主張する気はさらさらないが）。

というわけで、花見はむしろどんどんやるべきと考え、六義園でちょっとだけ花見をしてきた。

六義園はみごとな枝垂《しだ》れ桜が有名なのだそうで、料金所を通って庭園に通じる門をくぐると、正面にその枝垂れ桜の大木がそびえている。巣鴨駅前のソメイヨシノはまだ五分咲きくらいだったのに、こちらは満開。天気にも陽気にも恵まれて、その分（平日だというのに）人出もかなりあったが、春爛漫を堪能することができた。

となりにはやや小ぶりの、花の色も少し白っぽい感じがする枝垂れ桜があり、そのあいだを通って園内を歩いていく。

高さ数メートルにもなる椿の木が道の左右に並んで、赤や白の花を咲かせている。

築山や小径や橋には〝藤代峠〟、〝蛛道《ささがにのみち》〟、〝渡月橋〟などそれぞれに名前がつけられている。園をひとつの世界に見立て、個々のスポットがその世界の名所という役割を担っているようだ。

パンフレットのサブタイトルに「江戸の名園を今に残す和歌の庭」とあるところを見ると、ひとつひとつが歌枕になっているのかもしれない。園内には〝六義園八十八境〟という景勝地があって、かつてはそのすべてに石柱が立てられていたそうだ（現在は三十二本が残っているとか）。

そんな園内をぶらぶらと一周して、枝垂れ桜の前に戻る。

枝垂れ桜といえば数年前、まだ元気だった妻と、秩父の清雲寺に夜桜見物に出かけたことがあった。夜、自宅でテレビを見ていたらライトアップされた〝清雲寺の枝垂れ桜〟が紹介され、妻がいきなり「これから見にいこう」と言い出したのだった。

秩父まで車で三十分くらいのところだったし、ちょうどカーナビをつけたばかりだったので、思いきって出かけてみた。それはもうみごとなものだったが、あのライトアップも今年は中止だろうか。電力消費のピーク時にかからないなら、やってもいいと思うんだけど。

いや、話がそれた。

六義園は座り込んで酒盛りをするといった場所ではないので、結局、花見より庭園散策がメインになってしまった。そのあと駅前でコーヒーを飲んで帰っただけなので、経済にはあまり貢献していないなあ。

その埋め合わせというわけでもないが、今は被災地近辺の日本酒を買って飲んでいる。東北の酒は、宮城の浦霞や一ノ蔵、福島の榮川あたりを以前からたまに飲んでいた。今回はそのほかに、福島の泉川を購入。ほかにもいろいろとお薦めの東北酒の銘柄があがっているので、片っ端から飲んでみようと思う。

いやその、あくまでも被災地復興の一助として。福島や茨城の野菜もいろいろ買っているし、肉や魚も、流通しているなら東北産のものを買いたい。復興はまずまちがいなく長期戦になるので、こちらもじっくり腰を据えて対応していきたいと思う。


最後にもう一つ、この巻前半の「テラとの別離」の最後に出てくる「父祖たちのしきたりにしたがって」という台詞の説明を。

これはドイツの学生歌の一節で、前後の歌詞は「兄弟たちよ、輪になってすわれ／父祖たちのしきたりにしたがって／グラスを空にし、帽子を振れ／黄金の自由を謳歌して！」といったような意味になる。要は〝さあ、飲もうぜ！〟ということで、それでビロルはサイルトリトにたしなめられているのだろう。

宇宙英雄ローダン・シリーズ既刊リスト

(301巻～400巻)

●翻訳／ＳＦ番号のあとに略号で記載。
(青)＝青山 茜、(赤)＝赤坂桃子、(天)＝天沼春樹、(五)＝五十嵐 洋、(嶋)＝嶋田洋一、(田)＝田中栄一、(林)＝林 啓子、(増)＝増田久美子、(若)＝若松宣子、(渡)＝渡辺広佐
●装画・挿絵／依光 隆 (301巻～367巻)、工藤 稜 (368巻～400巻)

301 **死へのテレポート**〈SF1481〉(渡)
「死へのテレポート」ウィリアム・フォルツ
「ラス・ツバイ救出作戦」クラーク・ダールトン

302 **パルピロンの闘技会**〈SF1484〉(天)
「パルピロンの闘技会」H・G・エーヴェルス
「権力の勝利」エルンスト・ヴルチェク

303 **策謀のギャラックス＝ゼロ**〈SF1488〉(赤)
「策謀のギャラックス＝ゼロ」ハンス・クナイフェル
「恒星マラソン」クルト・マール

304 **氷惑星の決闘**〈SF1490〉(五)
「氷惑星の決闘」ウィリアム・フォルツ
「ＰＡＤを追って」クラーク・ダールトン

305 **〈星の時〉作戦**〈SF1492〉(田)
「〈星の時〉作戦」H・G・エーヴェルス
「テラへの巡礼」エルンスト・ヴルチェク

306 **焦点メド・センター**〈SF1494〉(渡)
「焦点メド・センター」ハンス・クナイフェル
「銀河の深淵」H・G・フランシス

307 **マークス惑星応答なし**〈SF1496〉(天)
「ネーサン暴走」クルト・マール
「マークス惑星応答なし」ウィリアム・フォルツ

308 **アンドロ・ペスト**〈SF1502〉(赤)
「アンドロメダの危機」ウィリアム・フォルツ
「アンドロ・ペスト」H・G・エーヴ

ェルス

309　**反ホムンクの強襲**〈SF1505〉(渡)

「ポジトロニクス争奪戦」クラーク・ダールトン

「反ホムンクの強襲」ハンス・クナイフェル

310　**時間遠征**〈SF1509〉(五・青ほか)

「タイムマシン狩り」クルト・マール

「時間遠征」エルンスト・ヴルチェク

311　**盗まれた脳**〈SF1514〉(五)

「時間改変」H・G・エーヴェルス

「盗まれた脳」ハンス・クナイフェル

312　**ノパロールの地下霊廟**〈SF1518〉(天)

「脳マーケット」ウィリアム・フォルツ

「ノパロールの地下霊廟」クラーク・ダールトン

313　**ゼロ時間の橋**〈SF1521〉(林・青)

「ゼロ時間の橋」H・G・フランシス

「ヘルタモシュ誘拐計画」クルト・マール

314　**マクツァドシュの地獄**〈SF1525〉(渡)

「マクツァドシュの地獄」エルンスト・ヴルチェク

「サイナック・ハンター」ウィリアム・フォルツ

315　**秘密臓器コマンド出動！**〈SF1529〉(田)

「秘密臓器コマンド出動！」H・G・エーヴェルス

「ユーロクの遺産」クラーク・ダールトン

316　**無限からの警告**〈SF1532〉(五)

「飛行都市」ハンス・クナイフェル

「無限からの警告」H・G・フランシス

317　**サイナック脳の謀略**〈SF1536〉(天)

「サイナック脳の謀略」クルト・マール

「ムクトン＝ユルの叛乱」H・G・エーヴェルス

318　**フルロックの聖域**〈SF1540〉(増・青)

「フルロックの聖域」ウィリアム・フォルツ

「レイチャの後継者」H・G・フランシス

319　**カトロンの異人**〈SF1543〉(渡)

「カトロンの異人」ハンス・クナイフェル

「対抗策」エルンスト・ヴルチェク

320　**大執政官の死**〈SF1547〉(林)

「大執政官の死」クルト・マール

「狂った脳」ウィリアム・フォルツ

321　**自殺艦隊**〈SF1550〉(五)

「幽霊ごっこ」H・G・エーヴェルス

「自殺艦隊」H・G・フランシス

322　**静かな監視者の惑星**〈SF1556〉(天)

「静かな監視者の惑星」エルンスト・

335　**雷神基地**〈SF1609〉（五）
「雷神基地」H・G・フランシス
「ハイパー空間をこじあけて」クラーク・ダールトン
336　**時間ダイヴァー**〈SF1614〉（渡）
「時間ダイヴァー」ハンス・クナイフェル
「テラのカウントダウン」エルンスト・ヴルチェク
337　**テラ＝ルナ脱出作戦**〈SF1619〉（天）
「テラ＝ルナ脱出作戦」クルト・マール
「ドレーマーの惑星」H・G・フランシス
338　**星のメールストローム**〈SF1625〉（増・青）
「権力のモニュメント」H・G・エーヴェルス
「星のメールストローム」ハンス・クナイフェル
339　**3460年のゼウス**〈SF1631〉（林）
「グロヴァール人の遺産」クラーク・ダールトン
「3460年のゼウス」ウィリアム・フォルツ
340　**収容所惑星ワツティン**〈SF1637〉（五）
「ピラミッドの影響圏」エルンスト・ヴルチェク
「収容所惑星ワツティン」H・G・フランシス
341　**生まれざる者の恐怖**〈SF1640〉（若）
「恒星五角形」クルト・マール
「生まれざる者の恐怖」ハンス・クナイフェル
342　**レムールの女**〈SF1644〉（渡）
「レムールの女」H・G・エーヴェルス
「にせイトリンクス」エルンスト・ヴルチェク
343　**鋼球帝国**〈SF1647〉（嶋）
「惑星スティモンドの危機」H・G・フランシス
「鋼球帝国」ウィリアム・フォルツ
344　**メールストロームでの邂逅**〈SF1650〉（天）
「メールストロームでの邂逅」ウィリアム・フォルツ
「ひとりぼっちの戦い」H・G・フランシス
345　**肉体喪失者の逃亡**〈SF1654〉（五）
「背信のスペシャリスト」クルト・マール
「肉体喪失者の逃亡」クルト・マール
346　**昆虫女王**〈SF1658〉（渡）
「宇宙のサルガッソー」クラーク・ダールトン
「昆虫女王」H・G・エーヴェルス
347　**温室惑星ローズガーデン**〈SF1662〉（若）
「温室惑星ローズガーデン」H・G・

エーヴェルス
「対モルケックス爆弾」ハンス・クナイフェル
348 **不可侵領域**〈SF1665〉（嶋）
「不可侵領域」エルンスト・ヴルチェク
「平和の使節」ウィリアム・フォルツ
349 **《メブレコ》の叛乱**〈SF1670〉（林）
「人類の利益」ウィリアム・フォルツ
「《メブレコ》の叛乱」H・G・フランシス
350 **アフィリー**〈SF1673〉（嶋）
「異恒星のもとのテラ」クルト・マール
「アフィリー」クルト・マール
351 **自由への旅立ち**〈SF1676〉（渡）
「自由への旅立ち」H・G・エーヴェルス
「沈黙の家」クラーク・ダールトン
352 **アウトサイダーの追跡**〈SF1683〉（天）
「アウトサイダーの追跡」ハンス・クナイフェル
「インペリウム＝アルファのロボット叛乱」エルンスト・ヴルチェク
353 **インペリウム＝アルファからの脱出**〈SF1684〉（五）
「インペリウム＝アルファからの脱出」ウィリアム・フォルツ
「太陽の使者」H・G・フランシス
354 **アリーナの戦士**〈SF1687〉（青・増）
「アリーナの戦士」H・G・エーヴェルス
「土星の幕間劇」クラーク・ダールトン
355 **タイタンの鋼要塞**〈SF1692〉（林）
「タイタンの鋼要塞」ウィリアム・フォルツ
「捕らわれの宇宙船」ハンス・クナイフェル
356 **無限思考者**〈SF1695〉（渡）
「無限思考者」エルンスト・ヴルチェク
「ディオゲネスの樽」H・G・フランシス
357 **《ソル》の子供たち**〈SF1698〉（五）
「ロボットは嘘をつかない」クルト・マール
「《ソル》の子供たち」H・G・エーヴェルス
358 **異次元からの災厄**〈SF1701〉（天）
「《ソル》での戦い」H・G・エーヴェルス
「異次元からの災厄」クラーク・ダールトン
359 **バラインダガル銀河の最期**〈SF1705〉（嶋）
「バラインダガル銀河の最期」ウィリアム・フォルツ
「女たちの密命」ハンス・クナイフェル

360　**ラスト・ホープ突入コマンド**〈SF1709〉（林）
「逃走ポイント、オヴァロンの惑星」H・G・フランシス
「ラスト・ホープ突入コマンド」H・G・エーヴェルス
361　**死者たちの声**〈SF1714〉（青・増）
「死者たちの声」エルンスト・ヴルチェク
「オヴァロンへのメッセージ」H・G・エーヴェルス
362　**反逆者の秘密会議**〈SF1717〉（赤）
「サイボーグの植民地」クラーク・ダールトン
「反逆者の秘密会議」クルト・マール
363　**ギャラクティカーの同盟**〈SF1720〉（渡）
「ギャラクティカーの同盟」ハンス・クナイフェル
「ダッカル・ゾーンにて」ウィリアム・フォルツ
364　**闇のスペシャリスト**〈SF1723〉（五）
「闇のスペシャリスト」H・G・フランシス
「千年眠る者」H・G・フランシス
365　**ゼロ守護者**〈SF1727〉（嶋）
「ゼロ守護者」H・G・エーヴェルス
「虚無への通廊」ウィリアム・フォルツ
366　**ベラグスコルス強奪**〈SF1731〉（天）
「ベラグスコルス強奪」ウィリアム・フォルツ
「免疫保持者の蜂起」ハンス・クナイフェル
367　**独裁者への道**〈SF1735〉（林）
「独裁者への道」ハンス・クナイフェル
「洗脳作戦」クルト・マール
368　**星間復讐者**〈SF1739〉（増）
「スラムの軍隊」クルト・マール
「星間復讐者」クラーク・ダールトン
369　**ニューグ作戦**〈SF1741〉（赤）
「ニューグ作戦」エルンスト・ヴルチェク
「ラール人の駆けひき」H・G・エーヴェルス
370　**ドッペルゲンガーの陰謀**〈SF1744〉（渡）
「ドッペルゲンガーの陰謀」H・G・フランシス
「オルクシィの制御主任」ウィリアム・フォルツ
371　**にせ《マルコ・ポーロ》**〈SF1745〉（五）
「にせ《マルコ・ポーロ》」H・G・エーヴェルス
「試練の帰還」クラーク・ダールトン
372　**最後のコルトン人**〈SF1747〉（嶋）
「次元地獄」ハンス・クナイフェル
「最後のコルトン人」H・G・フランシス
373　**時間超越**〈SF1749〉（五）

「次元航法士の復讐」H・G・エーヴェルス
「時間超越」ウィリアム・フォルツ
374　**発信源グロソフト**〈SF1751〉(林)
「発信源グロソフト」ハーヴェイ・パットン
「謎めいたラファエル」クルト・マール
375　**ポスビの友**〈SF1754〉(青・増)
「成就の計画」クルト・マール
「ポスビの友」H・G・フランシス
376　**ヴラト降臨**〈SF1756〉(嶋)
「ヴラト降臨」H・G・フランシス
「対立」H・G・フランシス
377　**戦略家ケロスカー**〈SF1757〉(嶋)
「戦略家ケロスカー」エルンスト・ヴルチェク
「ロルフスの幕間劇」H・G・エーヴェルス
378　**星の非常シグナル**〈SF1759〉(五)
「ケロスカーの逃走」H・G・エーヴェルス
「星の非常シグナル」H・G・フランシス
379　**人類なき世界**〈SF1760〉(赤)
「人類なき世界」ウィリアム・フォルツ
「テラの孤独者」ウィリアム・フォルツ
380　**拠点惑星への使節**〈SF1763〉(渡)
「氷原アラスカ」クルト・マール
「拠点惑星への使節」エルンスト・ヴルチェク
381　**サイボーグの夢**〈SF1766〉(林)
「サイボーグの夢」ハンス・クナイフェル
「サイボーグの叛乱」H・G・エーヴェルス
382　**大宇宙の地獄**〈SF1770〉(五)
「大宇宙の地獄」H・G・エーヴェルス
「世界の壁」クラーク・ダールトン
383　**世界支配者**〈SF1772〉(増)
「権力闘争」ウィリアム・フォルツ
「世界支配者」クルト・マール
384　**テラ・パトロール**〈SF1773〉(嶋)
「パラトカの監視者」クルト・マール
「テラ・パトロール」ウィリアム・フォルツ
385　**永遠の子供たち**〈SF1775〉(嶋)
「永遠の子供たち」H・G・フランシス
「人類捜索」エルンスト・ヴルチェク
386　**《ソル》還る**〈SF1778〉(五)
「《ソル》還る」H・G・フランシス
「ヴリノスの亡霊」クラーク・ダールトン
387　**幸福都市**〈SF1780〉(赤)
「混沌を呼ぶ者」H・G・エーヴェルス
「幸福都市」ハンス・クナイフェル
388　**衛星シュ＝ドントの基地**〈SF1783〉(渡)
「衛星シュ＝ドントの基地」ペーター

・テリド
「黒い宇宙船」クルト・マール
389　**黒い異人の謎**〈SF1786〉（林）
「黒い異人の謎」ウィリアム・フォルツ
「地球外生物たちの決闘」ウィリアム・フォルツ
390　**グッキーとグレイの父**〈SF1788〉（五）
「グッキーとグレイの父」エルンスト・ヴルチェク
「テスト惑星」H・G・フランシス
391　**青ハゲタカの入江**〈SF1789〉（増）
「見えざる敵」クラーク・ダールトン
「青ハゲタカの入江」H・G・エーヴェルス
392　**炎の飛行士**〈SF1791〉（嶋）
「コンタクト・センター」H・G・エーヴェルス
「炎の飛行士」クルト・マール
393　**第一具象**〈SF1792〉（嶋）
「第一具象」ウィリアム・フォルツ
「女帝への反逆」ハンス・クナイフェル
394　**ブロトグレーネの反徒**〈SF1795〉（赤）
「ブロトグレーネの反徒」エルンスト・ヴルチェク
「罠と生け贄」ペーター・テリド
395　**モジュールの秘密**〈SF1796〉（五）
「プレーヤーと異人」H・G・フランシス
「モジュールの秘密」ウィリアム・フォルツ
396　**コンプとサイバネティカー**〈SF1798〉（渡）
「コンプとサイバネティカー」クルト・マール
「時空を超えた救援」クラーク・ダールトン
397　**細胞活性装置狩り**〈SF1799〉（林）
「細胞活性装置狩り」H・G・エーヴェルス
「時限爆弾、細胞活性装置」H・G・エーヴェルス
398　**クリスタル保持者**〈SF1802〉（五）
「死のネット」マリアンネ・シドウ
「クリスタル保持者」エルンスト・ヴルチェク
399　**親衛隊惑星**〈SF1803〉（嶋）
「親衛隊惑星」ハンス・クナイフェル
「黒いクリスタルの呪縛」H・G・フランシス
400　**テルムの女帝**〈SF1806〉（嶋）
「テラとの別離」クルト・マール
「テルムの女帝」ウィリアム・フォルツ

訳者略歴　1956年生，1979年静岡大学人文学部卒，英米文学翻訳家　訳書『共和国の戦士』ケント，『戦いの子』ロワチー，『眠れる女王』エディングス，『親衛隊惑星』クナイフェル＆フランシス（以上早川書房刊）他多数

HM=Hayakawa Mystery
SF=Science Fiction
JA=Japanese Author
NV=Novel
NF=Nonfiction
FT=Fantasy

宇宙英雄ローダン・シリーズ〈400〉

テルムの女帝《じょてい》

〈SF1806〉

二〇一一年五月十日　印刷
二〇一一年五月十五日　発行
（定価はカバーに表示してあります）

著者　クルト・マール
　　　ウィリアム・フォルツ
訳者　嶋《しま》田《だ》洋《よう》一《いち》
発行者　早川　浩
発行所　株式会社　早川書房

郵便番号　一〇一 - 〇〇四六
東京都千代田区神田多町二ノ二
電話　〇三 - 三二五二 - 三一一一（大代表）
振替　〇〇一六〇 - 三 - 四七七九九
http://www.hayakawa-online.co.jp

印刷・信毎書籍印刷株式会社　製本・株式会社川島製本所
Printed and bound in Japan
ISBN978-4-15-011806-8 C0197